KB191086

지금 우리에겐 사랑이 필요해

일러두기

· 작가의 말투와 어감, 만화적 표현을 살리기 위해 만화 및 그림에 들어간 내레이션, 말풍선 등의 대사는 교정하지 않았습니다.
· 본 책은 좌철 방식의 책으로, 만화를 읽을 때 좌측에서 우측으로 읽습니다.

지금 우리에겐 사랑이 필요해

초판 1쇄 발행 · 2025년 5월 13일

지은이 · 한지수

발행인 · 우현진
발행처 · 주식회사 용감한 까치
출판사 등록일 · 2017년 4월 25일
팩스 · 02)6008-8266
홈페이지 · www.bravekkachi.co.kr
이메일 · aoqnf@naver.com

기획 및 책임편집 · 우혜진
마케팅 · 리자
디자인 · 죠스
교정교열 · 이정현
CTP 출력 및 인쇄 · 제본 · 이든미디어

- 책값은 뒤표지에 표시되어 있습니다.
- 잘못된 책은 구입한 서점에서 바꿔드립니다.

ISBN 979-11-91994-38-4(03810)

아무도 사랑하려 하지 않는 당신에게

지금 우리에게겐 사랑이 필요해

꿀복 한지수 지음

용감한
까치

작가의 말

아무것도 이룬 게 없는 애매한 어른이던 스물여섯 봄에
처음으로 그림을 그리게 되었어요.

시작은 불안하고 우울한 삶의 돌파구였지만,
제 이야기를 담은 그림이 많은 사람에게 읽히면서 깨닫게 되더라고요.

'내 삶이 생각보다 더 완전하고 행복한 삶이었구나.'

그제야 행복은 의외로 가까이 있다고 확신하게 되었어요.
특별한 능력이 없어도, 부를 이루지 않아도, 스스로 보잘것없이 느껴져도,
우리는 모두 사랑 하나로 벅차게 행복할 자격이 있는 존재예요.
아직 발견하지 못했을 뿐, 그 사랑은 우리 곁에 늘 존재합니다.

제 이야기가 누군가에게
사랑이 눈에 보이는 순간을 발견하게 해주는
선물이 되길 바라요.

사랑은 언제나 우리 곁에 있으니까요!

나에게 늘 사랑을 가르쳐준 아빠, 엄마, 남편, 딸에게,
그리고 사랑이신 하나님께 감사하며.

- 한지수 -

프롤로그

'Honey', '우리 복덩이'라는 말을 듣고 산 지 어언 10년.
꿀복이는 그렇게 꿀같이 달콤하고, 둥가둥가 복덩이같이 사랑받는
누군가의 아내이자 엄마랍니다.
사랑이 이렇게 좋은 건데 나 혼자만 알고 있을 수는 없지!
다 같이 사랑해보자고!

그때는 몰랐다

나랑 결혼해 줄래?

내가 이렇게 사랑받고 살게 될 줄은!
허니~
우리 복덩이~
울애기~
꿀 뚝뚝..

그리고 이 사랑을 대물림하고 살게 될 줄은!
엄마 우리 집 양봉업 해?
딸
꿀 떨어지는 3대
웅 할아버지한테 물려받음

엄마 이거 우리 이야기야?
그럼~ 우리 가족 이야기지
우리 사랑하고 살자!

읽다 보면 마음이 간질간질~
괜히 내 짝꿍에게 뽀뽀 한 번 더 해주고 싶어질걸요?
사랑 안 하고는 못 배기는 책이다 이 말이야~

목차

파트 1.
세상이 개벽할 사랑, 오로라

파트 2.
온 세상이 분홍빛

파트 3.
사랑을 믿으면 무슨 일이 일어날까

파트 4.
오늘부터 가족

파트 5.

결국, 사랑은 성장

파트 1.

세상이 개벽할 사랑, 오로라

ep 01. 엄마, 아빠가 가르쳐준 사랑

무엇을 보고 자라는지는 정말 중요하다
엄마아빠처럼 살아야지
존경하는 사람 = 부모님
굳은 각오
부모
부담스럽네

부모는 자식의 거울이라는 말도 있잖아
대체 누구 닮아서 이러는 거니?
아마도 엄마
ㅋ
엄마
딸
콩 심은 데 콩 난다

우리 부모님은 이것 하나는 분명하게 보여주셨는데
여보오
옵빠
흔한 50대 부부의 애칭

바로 서로 사랑하는 모습이다
오늘 바다 보러 갈까용?
좋아용~ 셀카봉도 챙겨야지
나도 껴주지 맨날 둘이서만..

지독한 사랑꾼인 아빠의 365일 무차별 사랑 공격과
니네 엄마 진짜 귀엽지 않냐
↖ 유행어
엄마 사진 자꾸 보여주는데 나도 엄마 얼굴 압니다

익숙한듯 귀찮은듯 하지만 사랑받는 엄마의 모습은 빛이 난다
뭐야아
나 진짜 귀엽고 웃겨?
아빠가 만들어 놓은 공주

사랑은 사람을 반짝이게 만드는구나
사랑하오
꺄륵
언니 우리보다 엄마가 더 예쁜 것 같지 않아?
상당히 부럽네
동생

사랑이 제일이라는 것을 삶으로 보고 배운 나는
호호
하하
깨 볶는 중
와 30년을 같이 살아도 저럴 수가 있네

사랑을 유산으로 받았나보다
보고 배워 사랑이 제일이야
사랑이 최고구나

무엇을 보고 자라는지는 정말 중요하다. 다른 건 몰라도 우리 부모님이 보여주신 '서로 사랑하는 삶'은 내 삶에서도 핵심이 되어버렸다. 아직도 엄마를 귀여워하는 아빠와 사랑받는 만큼 귀여워지는 엄마의 꿀 떨어지는 환장 케미스트리. 엄마, 아빠가 준 사랑이라는 유산 덕분에 날 사랑해주는 사람을 알아보는 눈이 생긴 게 아닐까?

ep 02. 사랑의 눈으로 봐줘요

나는 자기 비판적이고
와 나 늦잠잤네 나가 디져
해가 중천
시간 낭비 끝내주네 한심한 자식

스스로에게 엄격하고
게으른 꼴 더는 못 봐줘
시간을 쪼개서 살아야지 말이야
셀프 채찍질 장인

나를 위한 투자를 아까워 하는데
더 아껴서 다른 사람 챙겨줘야겠다
나한테 돈 쓰는 건 사치 같아

오빠는 늘 나에게 너그럽고
괜찮아
지금 내 모습이 마음에 안 들어
지금도 충분히 잘하고 있어요

응원과 힘만 주는 사람이다
내가 볼 때 자기는 이것도 저것도
다 너무 잘해
힝

오빠가 날 바라보는 시선으로 날 보면,
자기가 최고라 이거야
오빠는 내가 그렇게 특별해 보여?
눈에 문제 있나

난 참 행복한 사람이 된다

어쩌면 나 정말
괜찮은 사람일 수도 있어

이상하게 난 자신에게 참 엄격하다. 쉴 만해서 쉴 때도 괜히 양심이 찔려 스스로에게 채찍질하는 나. 그렇게 자기비판적이고 엄격한 잣대로 자신을 바라보던 나에게, 나보다 날 더 사랑스럽게 봐주는 사람이 생겼다. 오빠의 시선 속 나는 참 특별하고 사랑스러운 사람이다. 사랑 가득한 마음으로 날 바라봐주는 오빠의 시선으로 보면, 나는 참 행복한 사람이 된다.

ep 03. 난 사람이 좋아

나는 어릴 때부터
사람을 참 좋아했다고 한다
안녕
같이 놀자

정도 많고 눈물도 많은 나
왜 혼자 있지..
짠
친구야 혼자 뭐하고 있어 ?
소외된 것들을 지나치지 못하는 오지랖

하지만 살다보니 사람에게
받는 상처도 있었는데
모든 사람들에게
사랑받을 수는 없구나
마음이 너무 아프다

상처에 움츠리고 숨다가도
무조건 퍼주면
또 나만 다치게 될거야
마음의 문
그냥 이렇게 지내자

결국 나를 다시 고개 들게 하는 건
사람이었고,
똑똑
나야
문 열어줄래?

또 사랑이었다
많이 힘들었지?
엉엉
꼬옥

조금 아프면 어때?

사랑이 이렇게 좋은 건데.
나야
문 열어줄래?

이렇게 아름다운 건데!

난 사람이 참 좋다. 어렸을 때 "넌 꿈이 뭐니?"라는 질문에 늘 "소외된 사람들에게 사랑을 주는 사람이 될 거예요"라고 답했다. 어떻게 보면 참 바보 같을 정도로 사람을 좋아하던 내가 성인이 되어 사회에서 만나는 사람들에게 처음으로 데이고 아파했을 때 난 바로 동굴로 숨어버렸다. 하지만 그런 나를 다시 동굴 밖으로 꺼내준 것 역시 사람이었다. 아프지만 뭐 어때. 사람은 이상하리만큼 사랑스럽다. 사람도, 사랑도, 이렇게 좋으니 사랑하지 않을 수 없다. 다 같이 더 사랑하자고 말하지 않을 수가 없다!

ep 04. 나를 사랑하는 법

살다보면 참 버거운 날들이 찾아온다
이렇게 사는게 맞는건가
할일 산더미
난장판

다 놓고 포기하고 싶어지는 그때,
이제는 진짜 한계다
다 그만할까

난 내가 얼마나
멋진 사람인지 떠올린다
아니야 그래도
기운내봐야지
힘들때마다 꺼내보는 기억

난 우리 엄마의 하나뿐인 귀한 딸,
야 내칭구 우리딸
오늘 엄마랑 카페 고?
아 우리 애가
그림을 그리는데~
우리 아빠의 자랑거리

난 내 남편에게 최고의 아내,
여보는 왜 나랑 결혼했어
이렇게 예쁜데에
엄마 사랑해!
까까 주세요
내 딸의 전부

그러고나면 나에게 선물을 주고 싶어진다
아 안되겠다
꽃 한다발 사러 가야겠다
그렁
그렁
사랑 충전 완료

그게 아무리 사소한 것이라도
엄마랑 꽃 사러가자
이제보니 오늘 햇살이 너무 좋네

난 그것을 누릴
충분한 가치가 있는 사람이다
그래 움츠리고 있지 말자
삶은 선물이잖아

아주 사소한 사랑이라도,
날 위해 쓰면

사랑아 꽃 너무 예쁘다
예뻐

내 모습도 사랑 받고 꽃 피우게 된다

슬럼프를 겪지 않는 사람은 없다. 살다 보면 참 지치고 모든 것이 버거워지는 시기가 찾아온다. 그럴 때 나만의 특효약을 꺼낸다. 바로 스스로 사랑해주기. 내가 얼마나 사랑받는 사람인지 곰곰이 생각하다 보면 나에게 작은 선물이라도 건네주고 싶어진다. 좋아하는 노래를 들으며 산책을 하거나, 길에서 마주친 꽃집에서 예쁜 꽃 한 송이를 사거나. 아주 사소한 것이라도 소중한 날 위해 선물하면, 신기하게 마음 깊은 곳에서 힘이 솟아난다.

ep 05. **내리사랑**

내 모습이 마음에 안들 때
꼬라지 실화냐고 한심하다 진짜
거울을 부시겠습니다

우리 부모님을 떠올려 보면
우리 큰 딸래미~

우리 부모님은 날 그렇게도 사랑하시네
언제 이렇게 컸을까 이젠 징그럽다 야
뽀뽀도 못해주겠어
이씨

내가 태어난 순간부터 지금까지
우리 딸..
응애애

그렇게 난 차곡 차곡 쌓인
사랑을 받고 산다
과거
현재

내리사랑이라는 말처럼
우리 딸 좀 봐요
오구 내 딸

가만보면 나도 내 딸을
그렇게 사랑하네

이런 마음으로 날 사랑하면
난 대체 얼마나 큰 사랑을 받는 사람인 거지

내 모습이 새로워보인다

뭐야 나 뭐든지 할 수 있는 사람이잖아

사랑받는 나 최고야

씨익

난 정말 괜찮은 사람이다

내리사랑이라는 말이 있다. 생각해보면 나의 존재는 태어난 그 순간부터 몇십 년간 차곡차곡 쌓여온 사랑의 결과 아닐까? 나의 부모님이 날 사랑하듯, 그리고 내가 나의 딸을 사랑하듯. 그 큰 사랑의 화살표를 살짝만 돌려 스스로에게 향하게 하면 나는 너무 소중하고 특별한 사람이 된다. 내리사랑을 받고 자란 나. 사랑받아 마땅한 존재다.

파트 2.

온 세상이 분홍빛

ep 06. 연애의 시작

우리 연애의 시작은
대학교부터 시작된다
안녕?
안..녕
머쓱
어색한 대학동기 시절

난 평소에 관심이 있던
오빠에게 들이대기로 작정을 했다
연말이니까
앙큼하게 번호를 따볼까
ㅋ
오.. 오빠 저 번호 좀..
부끄
상상으로 연습중

하지만 난 실전에 강했고
이건 안주면 큰일난다
오빠 번호가 뭐예요
박
력
(앙큼 작전 까먹음)

난 오빠의 번호를 손에 넣었다
오빠 뭐해요?
나 그냥 집에..
그럼 나랑 치킨 먹으러 가요
나 데리러 와요!

치킨집 가는중
꺄항항
화끈

냠
오빠 왜 팍팍 못 먹어요
냠
나 먹고 있는데에..
오빠 우리 또 만나서
밥 먹어여
우.. 우웅!
적극
부끄

신나게 치킨을 먹고 집으로 돌아왔는데
오빠에게 온 문자 메세지

집
아 배불러
오라고라고라고라
나 너 좋아하는거 같아
요새끼 모지이

그렇게 우리는 연애를 시작했다

우웅..
나도 니가 좋아
그럼 오빠
나랑 사귈래여?
박
력
두근

우리가 처음 만난 것은 대학교 신입생 오리엔테이션에서였다. 우리는 같은 조였는데, 난 한눈에 오빠가 마음에 들었나 보다. 나보다 여덟 살이나 많은데 이상하게 자꾸 들이대고 싶어지는 마성의 남자. 하지만 여덟 살 연상의 오빠는 양심 때문인지 쉽게 나에게 다가오지 않았고, 난 그러든지 말든지 탱크처럼 우리 관계를 연인 관계로 발전시켰다. 오빠, 그때 내가 치킨 먹으러 가자고 하지 않았으면 우리는 지금 남이었을지도 몰라!

ep 07. 예쁘게 말하는 남자

내가 생각하는
우리 오빠의 장점은
울오빠의 매력포인트는
이거지..

말을 참 예쁘게 한다는 것이다
내가 그런가 ?
웅 완전 미쳤어
엥
내가 본 남자 중 최고야

일단 오빠는 말투 자체에
사랑이 뚝뚝 흐르고
기본값이 사랑 200% 풀충전 상태
싸랑
해요
싸랑
해애
흐뭇
아주 그냥 입만 열면 사랑이야

표현할때는
구체적으로 섬세하게 표현해준다
물론 이것도 좋지만 △
우리 자기 힘들었지 고생했어
이건 더 좋지 ○
오늘 하루종일 혼자 집에서 휑하게 아기 보느라
몸도 피곤하고 마음이 울적했지
너무 너무 힘들었겠다

또 오빠는 예쁜 말로
내 자존감 지킴이 역할도 해준다
나 요즘 너무 살 쪄서
스트레스 받아
자기는 지금이 제일 예뻐
까까 먹자 까까

덕분에 말만 들어도
사랑 받는 느낌이 가득해진다
아구 잘 먹네 울애기
냠
냠
왕
왕
사장님 귀가 녹아요

우리가 주고 받는 예쁜 말이
관계를 더 빛나게 만드는 것 같다

예쁜 말이 오고 가니까
예쁜 관계가 만들어지는 것 같아
다 여보 덕분이야

말 한마디에 천 냥 빚을 갚는다고 하는데, 말이 얼마나 중요한지는 모두가 아는 사실이다. 내가 생각하는 우리 오빠의 최대 장점은 말을 예쁘게 한다는 것이다. 그냥 해도 되는 말도 오빠는 항상 꿀 바른 듯 사랑을 듬뿍 담아 건네곤 한다. 표현도 세세하게 내 마음을 알아주며 해주니 오빠 말만 들어도 아주 그냥 살살 녹아내린다. 예쁘게 말해주는 남자와 만나니 화법이 터프한 나도 자꾸만 예쁘게 말하고 싶어진다.

ep 08. 나만 아는 내 남자의 모습

눈물이 많다
여보오 나 방금 슬픈 영상 봤는데
그렁
그렁
와이프가 세상을 떠나는 내용
우리 행복하게 오래 살자아 죽지마아

마음이 여리다
동물이나 귀여운거 좋아함
너무 귀엽다아아
맨날 디엠으로 동물 영상 보냄
큐티한 취향이네

벌레를 무서워한다
으갸갹갸갸갸 !!!!!!!
덩치값 좀..
째꼼..
아 나와봐 내가 잡아줄게

은근히 보수적이다
사귈 때 뽀뽀하는 데 오백 년 걸림
지켜줘야돼
저 유교보이가
굳
건
지키긴 뭘 지켜 내가 고려청자냐
딸 가진 부모가 좋아할 남자 1위

춤꾼이다
집에서 매일 스맨파 찍음
들썩
이씨 난 왜 안돼
들썩
괜히 지기 싫어서 따라 춤
삐걱

애교쟁이다
오구 우리 기요미
아구 이뻐
나 애기 아닌디
우리 애기가 그래써요
사랑둥이가 따로 없네

나만 아는 오빠의 모습이 참 좋다

아주 만족스러워
나만 아는 반전매력
자기한테만 보여주는 건데..

누구에게나 소중한 사람 앞에서만 나오는 본모습이 있다. 나만 아는 우리 오빠의 모습은 반전 그 자체! 첫인상만 보면 험악하게 생긴 이 사람은 알고 보면 마음이 정말 여리고 감수성이 풍부하다. 산만 한 덩치로 벌레가 나오면 펄쩍 뛰는 모습도 내 눈에는 반전 매력으로 보이는 건 왜일까. 나만 아는 이 사람의 모습! 다른 사람한테는 절대 보여주지 마, 나만 볼 거니까!

ep 09. 내 남자 친구의 깜짝 선물

우리는 연애 기간이 길어서
웬만한 선물은 다 주고 받았었다
이제 더 줄것도 없네
10년차
그냥 날 가져라 내가 선물이다

연애 때는 여느 커플이 그렇듯
선물을 참 많이 줬는데
꽃
반지
향수
옷
시계
카메라
인형
편지

값비싸고 화려한 선물보다
아직도 마음에 남는 선물이 있다
사실 아직도 기억에
남는 선물은 따로 있지
덩그러니..
기껏 카메라 사줬드니만 ...

유학시절 어느 날,
오빠가 우리 집 앞으로 찾아왔는데
자기야 나 지금 집 앞인데
창문으로 밖에 봐봐
응? 지금?

오빠의 손에는
꽃이 그려져 있는 우산이 있었다
짜잔
엥? 이게 뭐야?

투명한 우산을 사서
직접 알록달록 꽃을 그려온 오빠
어때?
우와아아아
오늘 무슨 날도 아닌데
이게 뭐야

혼자 서툴게 우산을 들고
그림을 그렸을 생각을 하면

울 애기가 좋아하겠지
꼬물
꼬물

우산에 사랑이 그려져 있는 것 같다

너무 감동이다 오빠
어떻게 이런 생각을 했어
좋아해줘서
고마워

그 어떤 선물보다 값진 오빠의 마음!

오래 만난 커플이라면 대부분 공감할 만한 선물 고민. 우리도 꽤 오래 만난 커플이었기 때문에 기념일마다 선물 고민을 했다. 아주 값비싼 선물을 받은 적도 있고 편지같이 소박하지만 마음이 담긴 선물을 받은 적도 있지만, 아직도 가장 기억에 남아 있는 선물은 우산이다. 서툰 그림 실력으로 우산에 꽃을 그렸을 오빠의 모습을 떠올리면 선물은 준비하는 과정부터 감동을 주는 것 같다. 나를 생각하는 마음 자체가 가장 예쁜 선물이 아닐까.

ep 10. 내 남자는 진국이다

난 내 남편보다
진국인 남자를 본 적이 없다
살짝 객관성 떨어지긴 하는데
흥
ㅋ
아냐 아무리 생각해도
내 남편이 최고지

오빠는 무조건적인 사랑이 뭔지
나에게 가르쳐줬다
소중한 우리 꿀복이
어떤 모습이여도 사랑해
오빠한테 다 쏟아내도 돼

나를 항상 귀하게 여겨주고
오빠는 울배비 만나고
삶이 변했어
자기를 만나지 않았으면
어떻게 살았을까?
내 전담 자존감 요정

우리의 관계를 당연하게 여기지 않는다
우리 벌써 10년차네
너무 감사하다 그치
오빠가 더 잘할게

마음은 또 어찌나 따뜻한지
자상함
섬세함
다정함
으쓱
3관왕 달성이네
뿌듯

이런 오빠 덕분에
난 단 한번도 오빠의 사랑을
의심해본 적이 없다
연애 프로그램 사연
"오빠가 절
사랑하지 않는 것 같아요"
"이 사랑의 마음을 모르겠어요"
대 충 격
어떻게 저런 생각을 하지

항상 사랑을 가득 받으며 사는 나
이게 무슨 복인지 모르겠다

이게 다 우리 오빠가 진국이여서 그래
아니야 우리 배비가 복덩이라서 그래

자랑한다고 한 소리 들을까 봐 마음대로 말도 못하는 내 남편의 장점. 어디 내놔도 진국이라는 점! 많은 연인이 불안해하는 사랑에 대한 의심을 나는 단 한순간도 해본 적 없다. '이 사람이 날 정말 사랑하나?'라는 의심을 품을 새도 없이 사랑해주는 이 사람. 오빠가 주는 사랑은 그저 단순한 사랑일 뿐만 아니라 날 귀히 여기는 마음이 녹아 있는 것 같다. 익숙해질 법도, 지루할 만도 한 10년 차 연인인 우리지만 아직도 사랑이 쏟아지는 건 다 오빠가 진국인 덕분이지!

ep 11. 댕댕이 같은 내 애인

나는 성격이 불같은 사람이라
화르르르
어 뭐지
화가 난다
욱함
+
감정기복 퀸
약간 참지 않는 말티즈과

가끔 내 감정을 컨트롤하지
못할 때가 있는데
분노의 폭주중
이런 망할!!!!!!!!
아 가끔이 아닌가

오빠는 내 브레이크 같은 사람이다
화르르
아이고 불났네
끼익
여보 잠시만 워워

무슨 일 때문에
화가 났어 울여보
남편 상담소
OPEN
이러쿵 저러쿵
그래서 내가!!!!
뿌앵
화가 나는거야 진짜!!!!

가만히 들어주는 오빠는
그랬구나아
들으니까 나도 진짜 화가 난다
여보도 화 많이 났지이
먼저 내 감정을 인정해주고

더 나은 선택을 할 수 있게 도와준다
똑같이 화내면
잠깐은 속 시원할수는 있어요
진심 이 시대의 박애주의자
하지만 아무리 상대가 잘못해도
타인에게 상처를 주면
여보도 나중에 분명히 후회스러울거예요

오빠 덕분에
난 더 성숙한 사람이 되어가고 있다

에고 울애기 착해
나 말려줘서 고마워
똑같은 사람이 될 뻔했어

성격이 참 불같은 나. 기분 나쁘고 화나는 일이 생기면 참기가 쉽지 않아서 욱하고 후회하는 일이 많았는데, 오빠 덕분에 실수가 점점 줄어든다. 감정적인 나를 다독여주고 더 성숙한 선택을 하도록 도와주는 오빠는 나만의 상담소이자, 소방관이다. 성격이 불같은 나를 진정시킬 수 있는 고마운 사람. 아, 오늘도 오빠 덕분에 더 나은 사람이 되었다!

ep 12. 솔메이트

살다 보면 인간 관계에
회의감이 들 때가 있다
나만 이렇게 외롭나

언제부터인가 관계가 어렵고
집 보내줘
호호
깔깔
하하
영혼 빠져나가는 중
2차로 커피
마시러 갈까요?

약속에 다녀왔다 하면 진이 빠지고
하으으
집이 원래
이렇게 멀었나
귀가 중
이제 한 3일은 약속 안 잡는다
사람 살려
본격 요양 시작

내 사람이다 싶었던 사람도
떠나가게 된다
사는 삶의 모양도 다르고
연락도 뜸해지네
친구의 SNS
이렇게 멀어지는구나

그럴 때 오빠를 생각하면
꼭 영혼의 단짝 같다
그래도 난 오빠가 있어서 다행이야
내 진짜 친구

내가 인간관계에서 바라던
모든 것이 다 갖춰진 완전한 관계, 부부
결국 부부만 남는 것 같아
쓰담

말하지 않아도 날 살펴주고
함께 기뻐하고 슬퍼하는

우리는 하나야!
내 솔메이트

우리 평생 단짝 친구하자

현대인이라면 모두가 겪는 인간관계에 대한 회의감. 나도 사람들을 만나고 오면 이상하리만큼 힘이 빠지고 지치곤 한다. 예전보다 시간이 갈수록 더 지치는 것 같고, 혼자가 더 편해지는 이유는 무엇일까? 하지만 그럴 때 오빠를 떠올리면 괜히 마음이 편해지고 안도감이 든다. 내가 어떤 모습이든 받아주는 사람. 내 모습과 상태와 상관없이 늘 내 편이 되어주는 사람. 솔메이트 하나만 있어도 열 친구 부럽지 않다고!

ep 13. 천생연분이다 느끼는 순간

장수 커플인 우리는
추억이 참 많지만
우리가 만난 시간이 얼만디~
아유 징그러워
추억 동산

정작 기억에 남는 순간들은 소박하다
우리 그때 기억나? 진짜 좋았잖아
언제?

집 앞으로 피크닉을 간다거나
소풍 갈까
렛츠고
편의점에서 김밥이랑 떡볶이 사서
집 앞 벤치에서 먹기

같이 밤 산책을 한다거나
밤공기 좋다 여보
오빠 달 좀 봐

좋아하는 예능을 보며 저녁을 보낸다거나
아 진짜 웃겨 ㅋㅋㅋㅋㅋㅋ
미쳤다 미쳤네

냉장고에 남은 재료를 털어서
요리를 한다거나
왕 김밥이다
돼지 김밥이네

그런 소박한 순간에 행복해하는 우리

별거도 아닌데
너무 재밌당
여보랑 놀면 그냥 좋아

이런 게 진짜 천생연분 아닐까?

몇 달 전부터 예약해야 하는 레스토랑, 값진 선물, 환상적인 여행지가 아니라 둘이 눈곱만 떼고 함께 가는 24시 국밥집이 더 좋은데 이거 어떡하지? 정말 별거 아닌 소박한 순간이 기억에 남고, 같이 냉장고 털어 옆구리 다 터진 김밥을 만들어 먹어도 마냥 좋기만 한 이유는 뭘 하는 것이 중요한 게 아니라 누구와 함께하는지가 중요하기 때문 아닐까? 우리가 만난 10년이라는 시간을 돌아보면 진짜 행복했던 순간은 대단한 이벤트가 아니라 소박한 삶의 작은 기억들이다.

ep 14. 자랑하고 싶은 애인

오빠가 자주 하는 말이 있다
난 여보 만나고 변했어
3000번째 듣는 말이군
심드렁

오빠는 장소를 안 가리고
툭하면 저 얘기를 하는데
저는 꿀복이 만나고 변했어요
...

꿀복이 덕분에
더 좋은 사람이 되고 있어요
화 끈
우와아
진짜 사랑하나 보다
나만 제대로 민망

내가 가진 가장 좋은 걸
자랑하고 싶은 아이처럼
우리 아빠가 나 인형 사조따!
나도 로보뜨 이따!

오빠에게 나는 그런 사람인가 보다

자랑하고 싶어
꿀복이가 내 아내예요!
구러시던가

오빠는 우리 둘이 함께하는 모임에서 “난 꿀복이 만나고 변했어요!”라는 말을 정말 자주 한다. 왜 오빠는 어디 가면 내 자랑만 하는 걸까? 오빠가 가진 가장 좋은 것이 나인 걸까? 새로 산 노트북도 아니고, 예쁜 옷도 아니고, 회사에서 승진한 것도 아니고, 자꾸 내 이야기만 하며 자랑하는 오빠. 부끄러움은 나의 몫이지만 그래도 왜인지 뿌듯해진다.

ep 15. 나다운 연애

그런 만남이 있다
가면 꺼낼 시간인가
주섬
주섬

내 진짜 모습을 보일 수 없는 만남
불-편
호호
하하
가면 장착 완료

좋은 사람이고 싶은 마음이 커서
엄빠 망신 안시켜야지
착하게 살자

가끔은 이 모든게 버거울때도 있다
내가 이렇게 애써도..
날 미워하는 사람은
어차피 날 미워하는걸

그런 내가 쉬는 곳은 딱 하나다
오빠아
포옥

나를 가장 나다울 수 있게 해주는 사람
이게 나야
꼬질
꼬질
아이구 예뻐라

진짜 사랑을 가르쳐주는 사람!

내 본모습 생각보다 별로지
모든 모습을 다 사랑하는데!

나의 본모습을 다 보여줄 수 있는 사이가 얼마나 될까? 대부분의 관계는 어느 정도 가면을 써야 더 편안해진다. 가끔은 가면 쓰고 만나는 관계가 버거워지기도 하는데, 오빠는 나의 휴식처다. 가면이 뭐야, 내 완벽한 '쌩얼'과 못난 속마음까지 다 드러내도 날 있는 모습 그대로 받아주는 오빠. 오빠 앞에만 있으면 난 편안한 잠옷 차림에 안경을 쓰고 머리 질끈 묶은 듯 편안해진다. 나를 나답게 만들어줘서 고마워.

ep 16. 아기 같은 내 애인

우리는 분명 다 큰 어른인데
나도 이제 삼십대 진입
마이 컸지
귀여운 나이야

집에서 우리 모습을 보면
배고파또또리
구래또또리
입 벌려 까까 들어간다
아

아기가 따로 없다
응애
응애
진짜 아기
와 진짜 숭하다

어떤 모습이라도 다 사랑해준다는
확신이 있어서일까?
내 코딱지도 사랑해?
당연하지
그럼 이거 버려죠
후비작

서로 앞에서는 아기가 되는 것 같다

덩실
덩실
씰룩
씰룩

모든 모습을 사랑해줘서 고마워!

평생 유치하게 재미있게 살자

동심 찾기 대성공

사랑하는 사람 앞에서는 왜 자꾸 유치해질까? 잘하는 것도 괜히 못하는 척하게 되고, 같이 바보 같은 춤을 춰도 깔깔 웃음만 나온다. 분명 다 큰 어른인데 함께 있으면 자꾸만 아이 같아지는 우리. 당신이랑 있으면 아이처럼 변하는 내 모습이 너무 마음에 든다.

ep 17. 이런 남자는 놓치지 말자

다정하고 예쁜 말을 하는 사람
오빠 밥도 해주고 너무 고마워
오늘도 아가랑 둘이 고생했지
여보 넘 귀여워
왜 나랑 같이 살아?
듣기만 해도 마음이 살살 녹음

마음이 따뜻한 사람
톨게이트
감사합니다 수고하세요
식당
감사합니다
타인에게 친절하다? 백점

가정 환경이 화목한 사람
아들 셋 키우시고도
아직도 소녀 같으신 어머님
소탈하고
따스하신 아버님
아들 사랑해
응 엄마 나도 사랑해

늘 내가 우선인 사람
연락은 항상 풀가동
내가 늦으면 자기 혼자
아기 목욕 시켜야하잖아
그건 절대 안돼
퀭-
내 걱정하느라 노트북 들고 집 와서 일함

웃음 코드가 맞는 사람
파하핫
여보 표정 진짜 웃겨
니 얼굴이
더 웃기거든 ㅋㅋㅋㅋ
그냥 둘이 낄낄거리면 하루 뚝딱

익숙함 속의 소중함을 아는 사람
불타는 육아를 마친 하루 끝
아 오늘 씻지도 못했네
그래도 예뻐
킁카킁카~
가까이 오지마 냄새나

그런 사람이 당신이라서 너무 좋아!

싸랑해요우~
아 결혼하길 잘했다

'중요! 좋은 사람의 기준 몇 가지를 공유합니다.' 포인트는 '따뜻한 마음을 지닌 사람인가?'를 확인해보는 것 같다. 오빠가 지닌 수많은 장점의 뿌리를 살펴보면 '따뜻한 마음'이다. 이 남자는 마음이 참 순수하고 따뜻한 사람인 것 같다. 작고 귀여운 동물과 아이를 보면 발걸음을 멈추는 사람. 고생하는 분께 상냥한 감사의 한마디를 건넬 수 있는 사람. 그런 사람이 내 사람이라서 정말 다행이야.

ep 18. 부부의 MBTI

우리는 성격이 참 다르다
아 대충해
앗 다시해
감정적
왈가닥
덤벙이
차분함
이성적
꼼꼼이

연애 때 재미삼아 했던
심리테스트 결과부터 심상치 않았는데
오 거의 다 함
정독 중
음..
푸는 시간도 2배 차이남
여기서도 드러나는 성격 차이

이렇게까지 다를 일인가
나
오빠
아니 무슨 체크 무늬야?

최근에는 MBTI를 해봤는데
여보 이거 해보자
MBTI
읽는데 30분 걸려도 괜찮다면야

이번 결과도 참혹했다
와 이정도면
친구도 못할 사이 아냐?
ㅋㅋㅋㅋ
맞는게 없네
ENFP
ISTJ
*바뀐 문항으로 하니 또 다르게 나옴

하지만 우리는 퍼즐처럼 딱 맞는다
아주 잘 들어맞는구만
서로 달라서 그래

우하하하
나 진짜 빠르지
따라와
속도 담당
왜케 느려?
보완 담당
저거저거
다 흘리고 가는거 봐

어쩌면 너무 달라서
더 천생연분일지도 몰라

완벽한 상호보완 케미!
달라서 더 좋아

우리 부부가 서로 성격이 다른 건 만나면서 대충 알고는 있었지만, 이 정도일 줄은 몰랐다. 테스트만 하면 하는 족족 정반대 결과가 나오는 우리. 이 정도면 친구도 못할 수준이 아닌가 싶지만, 우리는 생각보다 찰떡궁합이다. 반대인 부분이 많아서일까, 우리는 서로의 단점을 기가 막히게 보완해준다. 칠칠맞고 욱하는 나에게 가장 잘 맞는 꼼꼼하고 차분한 오빠. 상호 보완 케미스트리란 이런 걸까! 반대라서 더 좋은 우리 둘. 달라서 오히려 더 좋아!

ep 19. 장수 커플의 비결

우리 부부는 사이가 좋다
사랑합니다요
아냐 내가 더 사랑해~
십년 차인데 현재 더 꿀 떨어짐

이유가 뭔지 생각해보니
저 인간은 왜 갈수록 잘해주는가
남편 사랑 분석 자료
우리는 왜 점점 더 사이가 좋은가

우리는 서로를 귀여워한다
귀여워 보이면 끝난 거다
우락
부락
끝났네
귀여워

귀여움은 제일 가는 콩깍지다
안 씻어도 귀엽네
꼬질
꼬질
여보 눈곱 꼈당 킥킥
객관성 상실

싸우다가 멈추기도 쉬워지고
아오
바락바락
아 잠만
자기 표정이 너무 웃겨 프흡흐크크크...

서로 놀리기만 해도 바쁘다
어 아이스크림 하나 남았네
내가 먹어버려야지~
내놔 이씨
얼음과자 하나만 있어도 행복해지는 어른 둘

웃는 시간이 많아져서
사이가 더 돈독해지기까지!

ㅋㅋㅋㅋㅋㅋㅋ
ㅋㅋㅋㅋㅋㅋㅋㅋㅋㅋ
ㅋㅋㅋㅋㅋㅋㅋㅋ
ㅋㅋㅋㅋㅋㅋㅋㅋ

같이 있으면 보통 이런 상태임

앞으로의 우리 사이가 더 기대된다

여보랑 사는게 제일 재밌어
앞으로도 쭉 귀여워해죠

우리는 알고 지낸 지 꽤 오래된 장수 커플이다. 대부분 이렇게 오래 만나면 시들해진다고 하는데, 우리는 아직도 둘이 노는 게 제일 재밌고 알콩달콩하는 잉꼬부부다. 그 비결은 바로 '귀여움'. 상대방이 귀여워 보이면 답도 없다는데, 우리는 서로 별것 아닌 일로도 깔깔 웃음이 멈추지 않고, 서로가 너무 귀여워 보인다. 완전히 객관성을 상실해버렸지만 그러면 어때! 귀여워 보이니까 너무 좋다! 귀여운 게 세상을 구한다!

ep 20. 좋은 사람을 만났다는 증거

오빠를 만나고 나는 변했다
지난 시간을 돌아보니 말이야
까마득
2014년 겨울부터 시작이네

나의 모든 모습을
사랑해주는 오빠 덕분일까?
감정기복
우리 꿀복이가
많이 힘들구나
괜찮아
다 받아들여 주고 있는 그대로 포용해줌

오빠와 있을 때
나는 가장 나다워진다
아구 귀여워
구질..
꾸밈이 필요 없겠다
오빠는 나 자체를 사랑해주니까

그렇게 오빠의 사랑을 잔뜩 받고
아이구 귀여워 예뻐
우리 배비 너무 착해
잘하는게 너무 많아

나는 꽃 피는 기분이다

나 괜찮은 사람이구나
난 소중해
난 최고야
충분히 잘 하고 있어

분명 좋은 사람을 만났다는 증거다

모든 모습을 다 사랑해

나를 꽃피우게 하는 사람을 만나본 적이 있나요? 난 오빠를 만나면서 알게 되는 내 모습들이 너무 좋다. 좋은 사람을 만나고 있다는 증거는 변해가는 내 모습이 마음에 든다는 것이라는데…. 오빠의 사랑과 관심은 나의 예쁜 부분을 더 자라나게 해주고, 더 밝고 사랑스러워지게 만든다. 꽃에 물을 주듯 사랑해주는 오빠의 사랑은 날 꽃피우고도 남는다. 분명히 내가 좋은 사람을 만나고 있다는 증거다.

ep 21. 10년 차 커플

우리는 10년 차 커플이다
징하다
까마득하네
스무살 때 처음 만남

10년 맞이 기념으로
오래 전 사진을 꺼내보았는데
추억 여행 렛츠 기릿
Photo
추억 창고 갤러리

20살 때부터
으아아
춥다
밤새 놀다가 벌벌 떨면서 기숙사 들어가는 중

대학생 시절
논문이랑 졸업 과제로 바쁘던 시기

스쿠터 타고 어디든 가던 나날
자기야 손 꼭 잡고 타야지
시러!!!!! 만세!!!!!!
꺄하하

취직을 하던 날
나 합격이래!!!
대박!!!!!

우리가 결혼을 하던 날

부모가 되던 날
자기랑 닮았다
너무 고생했어 여보

그 모든 순간에 녹아있는 사랑

사랑이 눈에 보이는 것 같아
10

10년 동안 사랑해줘서 고마워

오빠를 스무 살에 처음 만난 내가 어느덧 30대에 접어들었다. 길기도 한 우리의 연애 연대기. 돌아보면 우리는 삶의 참 많은 이벤트를 함께했다. 내 20대의 크고 작은 순간에 늘 함께하는 오빠. 갓 성인이 된 풋풋한 스무 살 아이가 대학교를 졸업하고, 취직을 하고, 결혼을 하고, 엄마가 되는 모든 순간에 웃는 모습으로 함께해줘서 고마워. 우리의 추억을 돌아보면 사랑만 보이는 것 같다.

ep 22. 한결같은 사람

연애 초에 참 걱정되던 문제는
오빠 나 할말이 있는데 우리 나중에..
우웅

바로 권태기
권태기 오면 어떡해?
권태기
모든 연인들에게 공포의 대상

다들 오래 만나면 겪는다는 그 문제
니 얼굴만 봐도 재밌어
연애 초
연애 말
니 얼굴 빼고 다 재밌다

하지만 이상하게도 만날수록 이 사람은 달랐다
너 뭐야?
왜 갈수록 더 잘해? 수상하다
이미 잘해줘두..

왜 시간이 갈수록 더 다채롭고 깊어질까?
볼수록 애교도 많고 엄청 듬직하기도 하면서..
진짜 볼매네 짜증나게
깡패세요?

생각해보니 오빠는 참 한결같다
화 잘 안냄
평온
잘 져줌
화나도 잘 참음
그냥 왕 착함

잔잔하고 깊은 호수 같은 사랑에 빠지니
숑 참고 럽 다이브

이제는 진짜 헤어나오지 못할 것 같다
불안함이 없는 관계 최고다
마성의 매력이군

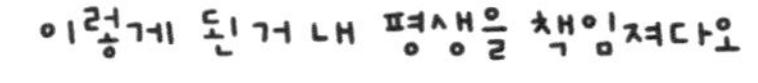
이렇게 된거 내 평생을 책임져다오

여전히 잔잔하고 깊네유 영감
껄껄

호수 같은 사랑의 묘미를 아시나요? 많은 사람들은 도파민이 넘치는 파도 같은 사랑을 원하지만 나는 파도도 싫고 서핑도 싫다. 언제 오르락내리락할지도 모르겠고, 너무 빠르게 변할까 봐 두려워진단 말이다! 그런 나를 고요하고 잔잔한 사랑의 세계로 입문하게 한 오빠는 호수 같은 사랑의 맛을 제대로 알려줬다. 착한 남자가 365일 24시간 제공하는 안정적인 사랑 공세에 맛 들리니 이젠 파도같이 변화무쌍한 사랑을 보면 멀미가 날 지경이다. 몰라, 나는. 할머니 될 때까지 잔잔한 호수에 배 동동 띄워서 오빠랑 놀게요.

파트 3.

사랑을 믿으면 무슨 일이 일어날까

ep 23. 선청혼, 후결혼

우리는 연애를 오래했지만
오빠 좋아
배비 좋아

결혼 이야기는 쉽게 하지 않았었다
(오빠만)
오빠 우리 나중에 결혼하면 어쩌고…
묵묵부답

이유는 오빠가 유교보이였기때문..
결혼 이야기는 정말 결혼을 할 시기에 하는거야
진 - 지
미쳤나 봐
어머
나랑결혼 안 하실건가봐여?

처음에는 그런 오빠의 반응이 섭섭하고 싫었는데
내 20대 다 가져가놓고 발 빼는거 아니야 저 도둑놈이
꿀빡이 청춘 내놔~
깔깔깔
고소할 거야

서프라이즈로 오빠에게
청혼을 받는 날이 오고야 말았다
깜짝!
카페 한 채 대여!
반지!
영상편지!
오르골!
꽃!

그제서야 밝혀지는 오빠의 진심
청혼이라는 단어의 의미가 있잖아
먼저 나와 결혼해달라고 허락을 받고
그 다음부터 결혼 준비를 하고 싶었어
예식장 잡고 청혼하기 싫었어

그리고 대감동 받아버린 나..
흐아앙 난 그것도 모르고 오빠 고소할라 했어
반지 진짜 이뿌다아
이런건 또 언제 준비한거야
엄마 나 결혼한다~ 조잘 조잘

그렇게 오빠의 계획대로
선 청혼 후 결혼!
꿀복이 제일 행복한 여자 만들어줄거야

우리는 청혼으로 결혼의 문을 열었다
이제 우리 진짜 결혼을 준비해보자
웅
웅
이제 우리 예비부부다

요즘 트렌드는 예식장 잡고, 결혼사진 찍으며 프러포즈를 하는 것이라고 한다. 하지만 이상하게 이런 부분에서 보수적인 오빠는 청혼을 하기 전에 청혼의 의미에 대해 생각해봤다고 한다. 청혼이라는 단어의 뜻처럼 '결혼을 청하며' 결혼의 시작을 알리고 싶었던 오빠. 그래서인지 내가 결혼 이야기를 꺼낼 때마다 입을 꾹 닫고 있던 오빠는 깜짝 선물같이 나에게 청혼해주었다. 청혼받던 날 장소와 분위기는 시간이 지나 기억이 가물거리지만 "결혼해줄래?"라고 물으며 날 꼭 안아주던, 터질 듯 뜨겁던 오빠의 얼굴은 아직까지도 생생하다.

ep 24. 결혼을 결심한 계기

결혼할 사람은
딱 알아본다는 말이 있다
안녕하세요
결혼합시다
참나 좋아
예를 들면 이런 걸까

하지만 우리는 딱히
결혼을 결심한 순간이 있지는 않았다
긁적..
글쎄..
많이들 물어보시는데
진짜 없어서 대답을 못함

여보는 언제 나랑
결혼해야겠다고 결심했어?
사실 딱히 어떤 계기가
있었던건 아니야

우리 그런 얘기한적 있었잖아
뭐지!! 왜 만날수록 더 좋은건데!!
행
복

만날수록 더 좋아져서
연애 초 때 생각하면 그때 감정이
너무 작게 느껴질 정도라고
맞아
연애초보다 몇년 지난 후가
훨씬 더 좋았어

결국 우리가 함께한 시간들이
결혼까지 결심하게 한 것 같다
우리가 걸어온 길 좀 봐

콩깍지도 한 몫 한 것 같고..

사랑해!!
고래
고래
내가 더!!
아직도 매일 하는 사랑 대결

시간이 지나도 식지 않고
깊어지는 마음이 결혼의 계기였다보다

이대로라면 80살 때 권태기 오겠다
난 140살!
와 오래 사네

다들 어떠한 계기가 있어 결혼에 골인하던데, 우리 부부에게는 왜 그런 계기가 없을까? 연애 때 나눈 대화처럼 '어째서 시간이 갈수록 더 좋아지기만 하지!' 라는 미스터리를 풀기 위해 결혼을 결심한 것 아닐까 싶다. 시간이 지나면 식을 만도 한 사랑이 이상하게도 갈수록 더 커지기만 한다. 지금 와서 연애 초 때 감정을 생각하면 시시해서 콧방귀가 나올 정도. 내일 오늘보다 더 사랑하자!

ep 25. 상견례 프리패스 가족

다들 이야기하는 결혼의 첫 관문, 상견례
상견례
와 처음부터 세다
보스 아니지?

양가의 의견 충돌이 있을 수 있는
주제가 오고 가는 자리라
생각만해도 진땀 난다
예단
신혼집
예물
예식 날짜
혼수
예식 장소

우리도 어느 정도는 긴장이 됐었다
분위기 살벌해지면
어떡하지
괜찮을거야

하지만 상견례 당일,
걱정이 무색하게도..

양가 부모님께서는 모든 것을
우리 두 사람에게 맡기시고
애들 좋을대로 하라고 하지요 뭐

그저 따스한 이야기를 나누기 바쁘셨다
제가 젊을때
기타를 좀 쳤는데 말입니다
저도 유재하 가요제 출신입니다 허허
그냥 양가 아버지들
노래 자랑 중 아냐

덕분에 나는 밥이 코로 들어간다는
상견례 자리에서 과식을 해버렸다
아 치마 지퍼 풀러야될 것 같은데
냠 냠
왕 왕

그날 느꼈다
결혼이 우리 둘한테 사랑 넘치는
새로운 가족을 또 만들어 준 것 같아
배부름
맞아 우리 부모님들
너무 좋으시다

새 가족이 생기는 것은
정말 설레는 일이구나!

상견례 미션 성공!
첫 단추부터 잘 뀄다 우리

결혼의 첫 단추나 다름없는 상견례. 결혼 선배들이 하도 겁을 줘서 나도 덩달아 긴장했지만, 우리 부부의 상견례는 술술 잘 풀리기만 했다. 예민한 주제가 오가는 만남이기 때문에 조심스러웠지만 반전으로 부모님들은 그저 딴 이야기 삼매경. 우리를 믿어주셨기 때문이다. 결혼에 관련된 자질구레한 일을 우리 손에 맡기고 소싯적 기타 치던 이야기, 노래를 만들어 부르던 이야기를 나누시기 바쁜 양가 아버님들을 보는 순간 직감했던 것 같다. '아 나 시집 잘 가는 것 같다!'

ep 26. 6개월 만에 결혼하기

나는 뭔가에 꽂히면 추진력이 상당한데
밀어붙여
별명 탱크걸임

오빠의 청혼은 우리 결혼의
방아쇠를 당긴 셈이었다
당장 상견례 날부터 잡자
각자 부모님 비는 시간
알아온다 실시
후
자기 멋져

오빠는 내가 좋은 걸
다 좋아해주는 사람이기도 하고
자 이게 우리의 할 일이다
결혼 준비 리스트
우왕
아니면 우리가 쿵짝이 잘 맞아서인지..

우리는 생각보다 많은 것들을
빠르게 진행했다
예식장!
울 교회에서 하자
결혼 사진!
나 아는 친구한테 스냅 맡겨
신혼여행!
알아보기 귀찮은데 패키지 고

생각보다 큰 문제들까지도..
신혼집!
아들~ 여기 좋은 집
하나 나왔다!
오케이 고
혼수는?
어무니
내가 쓰던 가구 들고 갈게!
큰거만 사자

이런 일이 가능했던 건
양가 부모님 덕분이었다
니들 좋을대로 해~
결혼에 있어서 모든 일에 아무 말도 안하심

그렇게 청혼을 받고
정신 차려보니 결혼이더라

이게 되네

1월 청혼 3월 상견례 6월 결혼

실질적으로는 3개월만에 결혼 준비 끝낸 셈

결혼은 결혼 좋아!
빨리 하니까 더 좋아!

우리 근데 결혼식을 왜 그렇게 빨리 진행했을까?
빨리 더 행복해지려고~

뭐 하나에 꽂히면 밀어붙이기 장인인 내가 청혼을 받고 나면 생기는 일, 반년 만에 예식 올리기. 안 그래도 일찍 결혼하고 싶었던 나는 우리 둘의 취직과 오빠의 프러포즈가 겹치자마자 엄청난 힘을 얻어 결혼을 멱살 잡고 이끌었다. 결혼 준비하면 많이 싸운다는데, 다 내 마음대로 해도 "좋다", "잘한다" 이야기만 해주는 오빠 덕분에 평화롭게 모든 준비를 6개월 만에 끝낼 수 있었다. 결혼 준비 원래 이렇게 순탄한 거 맞나요?

ep 27. 내가 20대에 결혼한 이유

나는 일찍 결혼한 편인데
현재의 나
26살 여름에 결혼했으니
아기가 결혼을 했구려
응
애

결혼 소식을 알릴 때
사람들의 반응은 다양했고
저 결혼해요오
청첩장
어머
어머
어머

부정적인 시선도 꽤나 많았는데
아이고 애가 결혼하네
자유 끝이네 왜 그리 일찍 가?
결혼하면 이제 좋은 날 다 간거야

신기하게 난 큰 타격이 없었다
엥 왜 저러지 내가 부러운가
좋을 대로 생각하는 편

왜냐면 난 내 선택에
확신이 있었기 때문이다
우리 오빠가 얼마나 괜찮은 사람인데
쟤네는 진짜 좋은 사람을 만나본 적이 없나봐
안쓰럽
?
?
?

오랜 시간동안 오빠는 나뿐만 아니라
우리 가족의 마음도 사로잡았다
8살 연상의 남자가
여자친구 가족에게 점수를 따는 게
얼마나 어려운지 아십니까
도둑
늘 오빠를 따라다니는 도둑 타이틀

첫인상 도둑에서 이미지 변신 성공
우리딸 성격 감당 가능할런지
아빠
형부 불쌍하당
동생 1,2
저기요 여기 친정 맞나요

우리를 오래 지켜본 사람들은
입을 모아 오빠를 칭찬해주곤 한다
쟤는 진짜 진국이여

이런 사람이랑은
늦게 결혼할수록 손해 아닐까?
일찍 결혼하길 잘한 거같아
한번도 후회한 적 없어!
역시 난 현명해
뿌듯

결혼도, 출산도 모두 늦어지는 요즘 시대에 20대에 결혼한다고 하면 다들 깜짝 놀라곤 한다. 나 역시 스물여섯 살이라는 어린 나이에 결혼을 결심했기 때문에 주변에 결혼 소식을 전했을 때 반응은 꽤 다양했다. 많은 부정적 반응에도 내가 타격감 없이 오히려 그들을 걱정했던 이유는 이 사람과 늦게 결혼하면 손해라고 확신했기 때문이다. 그리고 그 확신은 지금까지도 흔들리지 않고 우리 결혼에 행복을 가져다준다. 역시 내 선택이 맞았다. 오히려 더 일찍 결혼할 걸 후회까지 드는 행복한 결혼의 세계.

ep 28. 결혼이 주는 안정감

결혼 전에는 인간관계가
참 어려웠다
저 사람이
날 싫어하면 어떡하지
나 오늘
말실수한 거
아닐까
아 착한척 하기 힘들다
진 빠진다

열심히 살아도
가끔씩은 허하기도 하고
아 힘들다 원래 이렇게 사는건가
퇴근길

행복한 날도 분명히 있지만
무언가 빠진 것 같은 느낌
하하
호호
깔깔
휑

하지만 결혼을 하고 나니
그 빈 곳이 채워지는 느낌이다
내 반쪽
내 짝꿍
내 베프
내 사랑
애쓰지 않아도 사랑받을 수 있구나

무조건 내 편인 사람이 생겨서일까
결혼하니까 뭐가 좋아 ?
무슨 일이 있어도
내 편인 사람이 생긴 거 ?
서로만 있으면 될 것 같아
전처럼 누가 날 미워해도
하나도 신경 안쓰여

가끔 사는게 지치고 버거워도
오늘 너무 힘들고 지친다
다 엉망이야
일루와봐
꼬옥

살아갈 힘과 이유가
생긴 것만 같다
멀리서 보니까
다 아름다운 날이지 ?
웅 내려갔던 날도
다 아름다워 보여

결혼 전에는 행복해도 어딘가 허전했다. 좋은 친구들이 있었지만 뭔가 휑했다. 마음속에 채워지지 않는 구멍 하나가 있는 듯한 느낌. 하지만 결혼을 하고 나니 그곳이 채워지는 것 같다. 더는 불안하지도 않고, 크고 작은 일에 흔들리며 전전긍긍하지도 않고, 사랑받으려 애쓰고 아파하지도 않고, 상처받아도 숨지 않아도 된다. 그 어떤 관계에서도 충족해주지 못했던 이상하리만큼 든든한 안정감이 날 꽉 지탱해주고 있는 것 같다.

ep 29. 결혼하니까 이게 좋더라

결혼하니 언제든 즉흥적으로
여행도 떠날 수 있고
여보 나 반차 냈다
대박 제주도 갈래?
지금?
웅 뱅기 끊는다!
아내가 극강 P이면 생기는 일

우리가 제주도에 오다니
이 노래 틀어달라고 하자!
발길 닿는 대로 아무 LP카페 들어옴

신나게 놀고 각자 집이 아닌
우리 집으로 가고
오늘 진짜 재밌었다 그치
홈 홈 스윗 홈
마자 언넝 집가서
치킨으로 마무리 고

딱히 어디로 가지 않아도
집이 데이트 핫플
거실에 빔 쏴서 하루종일 영화데이

갈이 놀고
먹고 자고
신나는~
산책~
꼬들꼬들 라면
대령이오
커어어
드르렁
꿀꺽

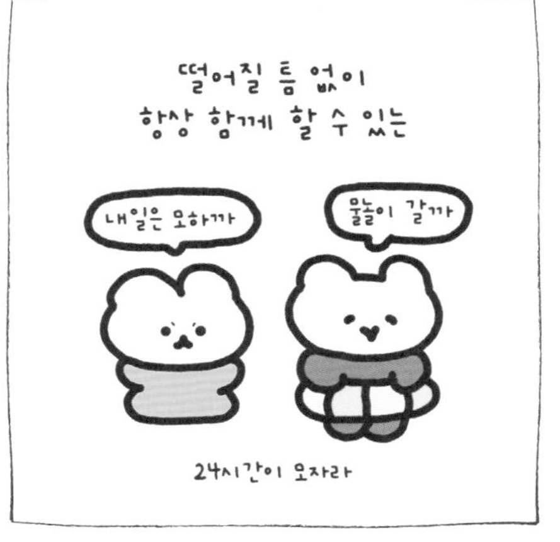
떨어질 틈 없이
항상 함께 할 수 있는
내일은 모하까
물놀이 갈까
24시간이 오자라

껌딱지 생활이 가능해진다

결혼하니까 이게 좋네
껌딱지~

이게 결혼의 묘미가 아닐까?

연애 시절, 서울에 사는 나를 보러 지방에서 올라온 오빠와 짧은 데이트를 마치고 헤어질 때면 얼마나 아쉽고 싫었는지 모른다. 그 시절의 이야기를 나눌 때, 오빠가 이야기하는 감정은 '불안'이다. 연애가 너무 행복하고 좋았는데 헤어져야 하는 것이 너무 불안했다고 한다. 그렇게 심각한 껌딱지 커플인 우리가 결혼을 했더니 이게 웬걸? 천국인가요? 24시간 붙어 지낼 수 있는 결혼 생활은 행복 그 자체다. 결혼의 묘미, 별거 없다!

ep 30. 아내가 좋은 이유

괜히 물어보게 되는 한가지
오빠!
내가 왜 좋아?
음..

귀여워서!
후애애앵
나 놀리냐
귀여운 편은 아니다 →

가만 생각해보면 남편은 정말..
귀여워
귀여워
귀여워
귀여워
귀여워
귀여워
← 아무것도 안함

10년 전 연애 시절부터
저거 저거
화내는거 봐
귀여워
짱나!!!!!

내가 뭘 해도 귀여워하고
하이씨..
왈가닥
불같은 성격
덤벙이
귀여운데..?

내가 무슨 행동을 해도 다 재밌어한다
워야아
여보랑 사는거 너무 재밌어

내 모든 모습을 좋아해주는 남편이 있어서
행복한 매일을 보낼 수 있나보다

우리 평생 이렇게 재밌게 살자
우리 까불이~ 그러자 그러자!

10년째 묻는 질문이 있다. “오빠는 내가 왜 좋아?” 매번 똑같은 질문에 자동응답기처럼 똑같은 대답만 하는 오빠. “귀여워서!” 객관적으로 귀엽지 않고 덩치가 산만 한 나를 귀여워해주는 오빠 눈에는 도대체 뭐가 씌인 걸까? 내가 성질을 내고, 덤벙거리고, 넘어져도 오빠 눈에는 내가 귀엽기만 하다고 한다. 이 정도면 중증이라고 생각하지만, 일단 기분 좋으니까 오늘도 또 물어본다. “오빠는 내가 왜 좋아?”

ep 31. 결혼은 이런 사람끼리

나는 잘 꾸미지 않는 스타일이다
대학생 때도 맨날 추리닝에 운동화 차림
왜.. 뭐 꼭 꾸며야 하나
수근
수근
빽빽
후디
저 언니 졸작 중인가?
4학년 느낌 나는 신입생

편안한걸 제일 좋아한다고나 할까
자기 옷 많이 불편해?
짜
증
나 이 치마 입고 짜장면 못먹어 절대로
츄르르르
기어이 추리닝 사옴
히야 이거지
못말려

가끔씩 화려한 사람들을 보면
이런 생각도 들지만
또각
풀세팅
또각
나도 좀 꾸미고 살아야 하나
너무 편한대로 사나봐
나도 꾸미면 예쁠 수도

귀찮아서 못 꾸미겠다
신상 10% 할인 · 무료배송
옷 쇼핑몰
화장품 리뷰
한번 볼까
아 벌써 귀찮아
자세부터 글렀음

하지만 비슷한 사람을 만나 결혼하니
더 이상 신경 쓰지 않게 되었다
화장 안 한게 더 예뻐
하면 배비 아닌 거 같아
추리닝 입은게 제일 예뻐
역시 끼리끼리는 과학이다

내 모습 그대로 사랑해주는 소중한 사람
뽀뽀
완전 쌩얼
뽀뽀
목 늘어난 티
울 여보 오늘 예쁘다아
익

같이 있는게 세상에서
가장 편안해지는 결혼 생활이 너무 좋다

사랑하오
아 수염 따갑다 저리 가라

길거리에서 데이트하는 커플을 보면 다들 한껏 꾸미고 나오는데, 우리는 항상 트레이닝복 차림이다. 원래도 꾸미는 것을 귀찮아하고 되는대로 입는 나에게 찰떡인 오빠는 역시나 트레이닝복 수집가. 역시 끼리끼리는 과학이란 말인가. 화장하지 않은 얼굴도, 수염 깎지 않은 얼굴도 다 사랑해주는 사람끼리 만나니 사는 게 참 편안해진다.

ep 32. 결혼하면 더 잘해?

주변에서 그런 이야기를 자주 듣는다
결혼하면 진짜 좋아 ?
더 잘해 ?
난 결혼해서 행복하다는 사람 너네 부부 밖에 못 봤어

결혼하면 변한다는 말은 진짜다
결혼하면 변하는건 맞는 것 같아
그치 ? 역시~
헤헤
더 좋게 변해

결혼하면 더 배려하게 되고
혼자 아기 볼텐데 노트북 들고 집 가서 해야겠다
서로 생각밖에 안함
우리 여보 일하고 올텐데 따뜻하게 뭐 해놔야겠다

더 사랑하게 된다
이 사람이 끝까지 함께 할 내 편이구나
코오
쓰담
자고 있는거 보면 괜히 짠함

결혼하면 당연한건 없어진다

오늘도 너무 애썼지 고마워
토닥
토닥

온통 고마워할 일들 뿐

연애는 결혼의 예고편이다

결혼하면 더 행복하다

결혼부터 진짜 행복이 시작되니까!

기혼자라면 한 번쯤은 들어봤을 “결혼하면 더 잘해?”라는 질문. “당연하지”라고 크게 소리치고 싶다. 결혼에 대한 부정적 인식을 깨고 싶다. 연애는 참 행복한데 결혼은 불행한 이유가 뭘까? 정말 좋은 사람을 만났다면, 연애는 결혼의 예고편일 뿐이다. 결혼부터 말도 안 되는 행복이 시작된다. 새로운 사랑의 세계, 결혼의 세계로 당신을 초대합니다!

ep 33. 인간관계의 최고봉, 부부

살면서 참 많은 관계를 만나지만
친구
부모
이웃
스승
연인

부부라는 관계는 참 특별하다
우리는 하나지!
부부는 하나라는데
이유가 다 있는 것 같아

아무에게도 보일 수 없는
나의 추한 모습들까지
낮은 자존감
욕심
우울감
분노
과거

모두 받아들여지고,
내가 다 안아줄게
아플텐데..

심지어 사랑까지 받을 수 있는 관계
자 이제 다 나았지?
뿌앵
너무 너무 사랑해

내가 원하는 모든 것들이
채워지는 둘 사이는
나 오늘 너무 힘들었어 충전할래
흐아아
급속 충전이다

나를 이끌어주기도 하고
한없이 품어주기도 한다
자 힘내보자
안아주께에

꾸밈이 필요없이 솔직하고
찐하게 사랑받는 사이
이런 나도 사랑해 ?
TRASH
그래서 더 사랑하지

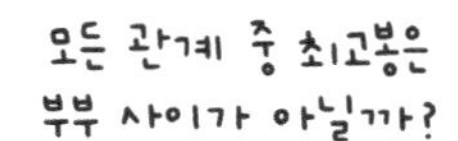
모든 관계 중 최고봉은
부부 사이가 아닐까?

부부는 이런거지
우리는 하나!

결혼식 축사 때 이런 말을 들었다. “부부는 하나입니다”, “부부는 한 몸입니다.” 당시에는 그냥 그런가 보다 하고 가볍게 넘겼던 말이 지금은 얼마나 마음에 와 닿는지 모른다. 살면서 겪은 인간관계 중 가장 완전하다 느끼는 관계는 친구도, 형제자매도 아니고 바로 부부다. 모든 모습이 포용되고, 인정되고, 사랑까지 받을 수 있는 참으로 신비한 관계. 상대방을 나보다 더 사랑하게 되는 관계. 그래서 부부는 하나라는 말을 하나 보다.

ep 34. 남편 자랑 금지령

난 주변에 남편 얘기를
많이 안 하는 편인데
아니 내 남편이 이렇게 저렇게
...
헐 울오빠는 이러이러한다

이유는 남편이 너무 잘하기 때문이다
말하면 재수만 없을뿐..
천상계 느낌 →

내가 뭘해도 귀여워하는 사람
분노
&*!~
뿡
후비작
귀여워 귀여워

결혼하고 빠짐 없이 퇴근길 내내
나랑 통화하는 사람
베비 오빠 퇴근!
차 탔어요 언넝 갈게!
1F
엘베 앞에 왔다!

내가 말만 하면
웃겨서 쓰러지는 사람
취미 : 웃다가 쓰러지기
ㅋㅋㅋㅋㅋ
ㅋㅋㅋㅋ
ㅋㅋㅋㅋㅋ
(별 말 안함)
궁시렁
궁시렁

내 행복을 나보다 더
고민해주는 사람
오늘 잘 지냈어?
뭐하면 기분이 좋아질 것 같아?
글쎄.. 닭발 먹으면?

애정표현 만렙인 사람

최고야
기여워
고마워
사랑해

오늘도 나는 생각한다

아 결혼하길 잘했다

난 어디서든 남편 자랑을 자제하는 편이다. 이유는 단순하다. 입 열면 자랑밖에 안 나오기 때문! 아무리 생각해봐도 결혼 참 잘했다는 생각만 들게 하는 이 사람과의 결혼 생활은 만족도 100%다. 그만큼 남편이 날 위해, 우리 가족을 위해 애써주기 때문이겠지? 지인들한테 자랑하면 시샘만 받을까 봐 시작한 온라인 남편 자랑 쇼인 꿀복이툰도 어쩌면 오빠 덕분에 사랑받고 있는 것 같다.

ep 35. 내 가족에게 인정받는 남자

우리는 나이 차이가 나는 커플이라
왜용~
우리 애기!
(진짜 애기)
8살 차이

처음 부모님께
오빠를 소개했을때 반응은
말로만 듣던 내 딸의 애인
어 저기 온다! 오빠!

싸했었다
안녕하세요
옵빠!
대략 엄빠의 시선 속 오빠의 모습
싫어 못 보내

하지만 시간이 갈수록
분위기는 역전 되었다
매주 나 보러
지방에서 서울로 올라옴
오빠 갈게 우래기
사랑해요
집 현관 앞까지 데려다주고
일찍 일찍 귀가시킴

집
나 오빠랑 전화 좀 할게!
(방금 데이트하고 헤어짐)
프하하하하 아하하핫
자기 진짜 웃겨 귀여워
쟤는 우리 딸이 그렇게 좋은가
무슨 말만 해도 저렇게 좋아하네

이제는 왜인지 오빠를 측은해한다
형부는 어쩌다 우리 언니랑..
형부는 왜.. 우리 언니를..
저런..
우리 개딸을 잘 부탁한다..

우리 가족에게 인정 받는 내 남자 최고!

묘하게 기분 나쁘지만
울오빠를 인정해주니 고맙게 생각할게!

난 부족한게 많은데에..
오빠가 더 잘할게!

딸이 여덟 살 많은 남자를 애인이라고 소개할 때 부모님의 반응은 안 봐도 섬뜩 그 자체였다. 내가 처음으로 가족에게 오빠의 존재를 밝혔을 때가 생각난다. “결혼할 시기가 되면 다시 얘기해라”라는 싸한 반응은 아직도 잊을 수 없다. 그런데 시간이 갈수록 분위기가 역전되었고, 그저 나라면 껌뻑 죽는 오빠의 바보 같은 사랑 공세에 우리 가족의 마음은 모두 열리고 말았다. 이제는 부모님이 나서서 형부 같은 남자 만나라고 동생들에게 추천할 정도! 내 가족에게 인정받는 남자, 최고다.

ep 36. 배려하는 남자의 특징

오빠의 주특기는 물어보기
여보 나 이거 해도 돼 ?
결재
오야 들고 와본나

아주 사소한 것들도
오빠에게는 다 물어볼거리
아이스크림 하나 남았엉
여보 주까?
내가 먹어도 돼?
오구 귀여워
별걸 다 물어봐 먹어 먹어

약속이 생길 때도
여보 나 이번주에
친구들 만나도 돼?
당연하지!!!!
당장 나가!!!!!

회사에서도
회사
여보 나 회사에서
빵 줬는데 내가 먹으까?
집
아니 집으로 가져와
내가 먹을래

음식을 시킬 때도
우리 뭐 시켜먹을까?
여보 먹고 싶은 걸로!
닭발

사고 싶은 게 있을때도
여보 나 외투 하나 사고 싶오
가을 신상
이거 사도 돼 ?
구래 우리 주말에 사러 가자
여보한테 잘 어울릴 것 같아

아마도 작은 부분까지
배려하는 마음 때문인가보다

사소한 것도
다 나눠줘서 고마워
내 기쁨이야

오빠는 아주 사소한 일도 자기 마음대로 하는 법이 없다. 퇴근하고 집에 가는 길에 편의점에 들를까 말까 하는 문제까지 나와 함께 나누는 이 사람. 하나 남은 간식을 자기가 먹을지 말지 물어보는 이 사람. 이렇게까지 세세히 물어보는 이유는 날 그만큼 배려하고 위한다는 뜻이겠지? 작은 일도 나에게 다 이야기해 주는 오빠의 귀여운 습관 덕분에 우리 사이는 한층 가까워져간다.

ep 37. 대체 불가 사랑꾼

고단한 하루가 끝난 어느날 밤
각자의 자유시간 보내는 중

뭐야 놀다말고 왜 쳐다봐
물끄럼
왜애
뭘 봐!
보지마!
헤헤

배비야
웅
꼬옥
배비를 대신할 사람은 없어
오잉 갑자기 ?

너무 귀엽고 재밌어
자기랑 사는거 너무 좋아
아주 사랑에 빠졌구만

갑작스러운 사랑 고백에 행복해지는 밤

푸하하 그래써어~
나도 여보가 넘 좋아!

오빠가 이 시대의 참사랑꾼이라고 느낄 때가 종종 있는데, 뜬금없이 사랑 고백을 할 때다. 같이 운동을 하다가 갑자기 “여보 너무 예쁘다! 이렇게 예쁜데 왜 나 같은 사람이랑 결혼했어?”라고 한다거나, 놀다가 갑자기 “여보가 세상에서 제일 귀여워. 여보 없으면 절대 못 살아”라고 하는 남편. 어때요, 이 정도면 대체 불가 사랑꾼 맞나요?

ep 38. 내 모습 이대로

우리는 참 다르다
빠르다
느리다
덜렁이
꼼꼼이
해물
고기
감정기복
잔잔함
정반대라 봐야하는 정도

가끔 오빠를 보면 답답할 때가 있는데
주로 속도 부분
느긋
그게 최선이냐
진짜 보기만 해도
가슴이 뻑뻑해지네

그러다 나도 모르게
잔소리가 튀어 나온다
아이고 느려터졌다
세월아 네월아 하시네
힝
느긋해서 참 좋으시겠어

하지만 오빠는 별로 타격이 없다
왜애 느릴 수도 있지이
평온
짜증
어우 말도 느린 것 같아

생각해보면 오빠는
나한테 불만이 있어도
자기가 빠른건 알겠지만
나한테 너무 뭐라고 안했음 좋겠다

티를 내지 않고
내 장점으로 받아들여준다
그래도.. 우리 자기
진짜 빨라!!!!!
완전 뚝순이야
치타 같애!!!!!!

내 모습을 있는 그대로 봐주는 오빠는

괜찮아 잔소리 해도 돼
마음껏 해
듣기 싫었을 텐데..

날 더 좋은 사람으로 만들어준다

내가 더 좋은 아내가 될게
여보 미안해애
나 그럼 이제
설거지 천천히 한다아

정말 다른 부분이 많은 우리 부부. 상호 보완적인 우리 사이가 참 좋지만 가끔은 오빠가 답답할 때가 있다. 그럴 때 그냥 참아 넘기고 그러려니 하면 지혜로운 아내겠지만, 혈기왕성한 나는 그 잠시를 못 참고 오빠에게 잔소리 폭탄을 투척한다. 고마운 건 오빠는 그런 말에도 큰 타격 없이 오히려 내 장점을 치켜세워준다는 사실이다. 아내의 잔소리에 반응하는 현명한 남편의 표본 아닐까?

ep 39. 결혼의 장점

나는 일찍 결혼한 편이다
26살에 했단 말이야?
완전 애기잖아!!!!!
화들짝
지금도 애기인데~

주변에서 늘 들었던 말
왜 그렇게 일찍 결혼했어?
아깝다 진짜
지금 이 말 듣고 있는
시간이 아까워요

지금 생각해보니..
데이트를 끝내고 싶기도 했고
데이트는 너무 소비적인 것 같아
돈 줄줄줄

결혼하니 경제적으로는 더 이득!
집이 테마파크니까
세이브 끝내준다
식사부터 놀이, 휴식까지 풀코스

아쉽게 헤어질 일도 없고
연애 시절
헤어지기 싫어어어
가지마아아
결혼 후
찰싹
만족

새로운 가족이 생겼다는
엄청난 안정감까지
엄마 아빠만큼
든든한 내 가족

그리고 무엇보다 행복할 거란 확신이
결혼을 일찍하게 만들었나보다

나를 그 누구보다 사랑해주는 사람이랑
항상 함께 산다고 생각해 봐
맨날 사랑받는 거지
황홀경

결혼이 이렇게 좋답니다

일찍 결혼한거
후회한적 한번도 없어
결혼 좋아
결혼 최고야

연애는 참 행복하지만 한편으로는 소비적이라고 생각했던 우리 부부가 일찍 결혼에 골인한 후, 우리에게는 집이 곧 지상 낙원이 되었다. 예전처럼 데이트를 위해 핫 플레이스를 검색하고 찾으러 다니거나, 한 사람이 다른 사람을 보러 긴 시간을 들여 이동하지 않아도 되고, 맛집이 아니라 집에서 함께하는 일상이 얼마나 소중하고 행복한지 모르겠다. 결혼은 단순한 '동거'가 아니다. 소중한 가족이 두 배가 되게 만들어주는 일이고, 배려하고 희생하는 진짜 사랑을 배우는 계기가 되어준다. 결혼은 최고다.

파트 4.

오늘부터 가족

ep 40. 나의 시월드

미디어 속 시월드는 참 무섭기에
제사
고부 갈등
명절

결혼 전 나는 막연히 걱정도 했었다
우리오빠 삼형제 장남인데
그럼 나 맏며느리잖아
장
남

상상 속 맏며느리
어머님
재료는 다 손질해놨어요
이제 여기서
전 부치거라
산더미

하지만 예상과는 다르게 전개될 것을
직감했던 순간이 있었다
엄마 우리 추석 때
어떻게 해 ?
어머님
몰랑 어떻게 하지
연휴 긴데 니네 여행이나 가

여행은 이미 늦었으니까
맛난 거라도 먹지 뭐
그럼 시켜먹을까 ?
오케잉
뭐지 이거.. 쩐다

걸치레 하나 없이, 소박하고 상냥하신
나의 시어머니는
우리 꿀복이 왔어 ?

며느리가 어디 가서
시어머니 자랑만 하게 만드실 정도다
우리 시어머니 진짜 최고시다?
쿨내 철철이셔
나 맨날 안아주신당
명절에도 여행가라고 하셔!

어머님의 사랑 덕분에
꿀복아 좋아하는 반찬이랑 국 문 앞에 놨다
쿨하게 퇴장
헉 어머니이 들어왔다 가시지이이

오늘도 난 생각한다

아 결혼하길 너무 잘했어 그냥 엄마가 또 생긴 거잖아 이거

친정엄마

시엄마

'시어머니 자랑하기 바쁜 며느리를 보신 적 있나요? 그 사람이 바로 나예요.' 삼 형제 중 장남과 결혼하며 졸지에 맏며느리가 된 나는 미디어 속 '시월드'를 떠올리며 괜한 두려움이 있었지만, 우리 시댁은 유니콘 시댁 그 자체였다. 명절인데 이렇게 아무것도 하지 않아도 되는 건지 매번 아리송하지만 결혼 5년 차인 지금까지 자유로운 풍습은 이어지고 있다. 이런 시댁이라니 친정이랑 다를 게 없다! 하다못해 이제 만화로도 시어머니 자랑을 하게 만드시는 우리 시댁 식구들에게 모든 영광을 돌립니다.

ep 41. 부모는 자식의 거울

부모는 자식의 거울이라는 말이 있는데
얼굴도 닮고
삶도 닮고

우리 부부의 모습을 생각해보면
우리는 왜 이렇게 행복한가
심각

자연스럽게 우리 부모님이 떠오른다
아 역시 그것 때문인가
유전..
콩 심은데 콩 난다

우리 아빠는 아직도 엄마를 귀여워하고
야 엄마 이 사진 봐 진짜 귀엽지
저번에 보여줬던 거잖어.. 그 사진 맨날 봐?

어머님은 아버님 자랑을 자꾸 하신다
나 예전에 입덧할 때 뭐 먹고 싶다고 하면~

유전 맞네
말 끝나기도 전에 아부지가 사오셨었어~
우와아아 오빠도 완전 그래요 말 끝나기도 전에 뛰어나가요

사랑꾼 그 자체인 아빠와
사랑 먹고 매일 리즈 갱신하는 엄마
여보 사랑해요오

소녀같으신 어머님과
소탈하고 따스하신 아버님

아마도 우리의 미래가
저런 모습이겠지 ?
생각만 해도 좋다
행복한 할머니
할아버지 되는거네
미래 스포

부모는 자식의 거울이라는 말처럼, 우리가 왜 이렇게 행복한지 떠올리면 정답은 너무 쉽게 나온다. 바로 우리 부모님이 서로 사랑하는 모습 덕분이다. 타임머신은 필요 없다. 우리 부부의 미래는 이미 다 스포일러되고 말았다. 아마도 우리 양가 부모님들처럼 사랑 넘치고, 서로 귀여워하고, 소탈하고, 행복한 모습이겠지? 세상에서 가장 행복한 할아버지, 할머니가 되어서 우리 딸에게도 미래를 살짝 보여줘야겠다.

ep 42. 너는 꼭 아빠 같은 사람 만나라

울 엄마 단골 멘트가 있다
야 아빠가 엄마를 얼마나 사랑해주는지 알아?
엄마
나
동생1
동생2

어찌나 많이 들었는지
거의 세뇌가 되었다
야 아빠가 날 얼마나 귀여워하는지...
근데 너 귀에 그게 뭐야?
피야.. 그만 얘기해..

객관적으로 봐도
아빠는 참 사랑꾼이다
니네 엄마 진짜 귀엽지 않냐
헤헤
딸이 30대인데
아직도 엄마 귀엽다고 볼 꼬집음
저 정도면 원조 최수종이지 뭐..

엄빠의 연애시절
아빠는 매일 엄마를 보러 찾아오고
하루라도 못보면 노래를 불러서
테이프에 녹음하고 전해줬다고 함
사랑하는 뚜지나
오빠가 여행에 가기 전에
노래를 남기려고 해
낭만 미쳤다

직접 만든 노래로
청혼을 했다고 한다
그 노래 우리 세자매가 아직까지 따라부름
대대로 내려오는 그의 프로포즈송

지금도 시간이 나는대로
둘이 데이트를 다니고
야 여기 카페 좋다
와 부러워

불쑥 여행도 떠나신다
엄마 뭐해
나 강원도 왔는뎅
짜증나 부러워

아직도 엄마를 보는
아빠의 눈에는 꿀이 뚝뚝
대충 귀여워 죽겠다는 눈빛
나 양봉업자 딸이였네

사랑은 한순간에만
머무는 것이 아닌가보다

30년 넘게 연애 중이네..

사랑은 불타오르는 연애 초에만 머무는 것이 아니다. 이렇게 확신하는 이유는 우리 부모님이 산증인이기 때문이다. 대학교 커플이었던 우리 부모님은 자식들이 다 장성한 지금까지도 두 분만의 데이트를 즐기고 커플 사진을 가족 단톡방에 올리기 바쁘시다. 부러우면 지는 건데 난 완패. 나도 엄마, 아빠처럼 세월이 지날수록 더 사랑하며 살 수 있겠지?

ep 43. 시어머니의 눈물

흔히 결혼은 가족 간의 만남이라고 한다
리얼 빅패밀리

결혼을 통해 생긴
오빠와의 새로운 가족도 좋지만
이 사람이랑 평생 함께라니
진심 꿀잼 예약

난 특별히 우리 시댁
식구들이 너무 좋다
나 오빠 엄빠 너무 좋아
완전 사랑해
야 우리 엄마 아빠야
내가 더 좋아하거든

쿨함과 사랑이 공존하는 우리 시부모님
우리 가정의 선택을 다 존중해주심
너희 하고 싶은 대로 해~
명절, 기념일, 행사 압박 제로

가장 기억에 남는 감동적인 순간은
내가 임신, 출산을 겪을 때였는데
저희 아기 생겼어요!
찌잉

어머님께서 하신 말씀이
아직도 마음에 남아있다
실신해서 응급실 갔다가 산부인과 옴
엄마 산부인과 왔는데
아기 괜찮대요!
야 지금 아기가 문제야?
우리 꿀복이 괜찮아?
나 엄니 바꿔줘

아기보다 나를 더 생각해주시던
그 순간을 잊을 수가 없다
어무니이..
아이고 꿀복아.. 목소리 들으니까 눈물이 나네 괜찮니?
눈물바다 통화

출산 후 처음으로 아기를 보여드리던 날
아버님의 따스한 말씀도 생생하다
니가 정말 고생이 많았구나
아기보다 날 먼저 바라봐주심

그 큰 사랑과 마음들을
어떻게 갚을지 생각하게 되는 요즘이다

우리 이번주에 어머님댁 가자!
시룬데 배비네 옴마 보러 갈건데

나는 시어머니 때문에 눈물을 흘린 적이 자주 있는데, 그중에서 아직까지도 잊지 못하는 사건이 있다. 내가 임신 12주였을 때, 심한 입덧으로 저혈압이 와서 기절하고 뇌진탕으로 쓰러졌다. 그런 나를 보러 달려오신 어머님. 어머님은 보자마자 날 안고 눈물을 흘리셨다. 그리고 배 속 아기보다 나를 걱정해주셨다. 친정엄마도 아니고 어느 시어머니가 아기보다 며느리를 더 보살펴주실까? 그때 어머님과 꼭 끌어안고 흘린 눈물은 아직까지도 내 마음을 따뜻하게 만든다. 어머님의 사랑을 어떻게 다 갚을지가 앞으로 풀어나가야 할 숙제다. 사랑을 가르쳐주시는 최고의 어머님, 감사합니다.

ep 44. 엄마가 사랑받는 가족

어렸을때부터 나는
엄마가 사랑받는 걸 보고 자랐다
니네 엄마 너무 귀엽지 너무 예쁘지
엄마는 귀엽고 예쁘구나
경청

아빠는 사랑이 참 많은 남편이셨고
엄마한테 영상 찍어서 줄거니까
카메라 잘 들고 있어!
웅
그대를 만나고~

엄마는 사랑스러운 아내였다
여보 최고오
얘들아 아빠 정말 멋지다 그치
왕 뿌듯
남편 기 살리기 세계 챔피언

그리하여 내 이상형은 아빠 같은 남자
난 무조건 울 아빠처럼
아내한테 미친남자 만날거야
흐뭇
굳은 다짐

감사하게도 내 남편은
꼭 우리 아빠 같다
우리 자기 귀여워 예뻐
쓰담
쓰담
매일 밤 루틴 쓰담 뽀뽀

나중에 우리 딸도
나랑 같은 생각을 하게 될까 ?
흐뭇
굳은 다짐
아빠가 엄마를 정말 사랑하는구나
나도 아빠 같은 남자랑 결혼해야지

사랑을 물려주고 싶다

사랑하며 사는 삶을 가르쳐줄게

어릴 때는 “난 아빠랑 결혼할 거야!”를 외쳤고, 아빠와 결혼할 수 없다는 것을 알 만큼 자란 후에는 “난 아빠 같은 사람이랑 결혼할 거야!”를 외쳤다. 이유는 단순하다. 아빠는 엄마에게 미친 남자이기 때문이다. 지독한 사랑꾼인 아빠를 보며 자란 나는 아빠 같은 남자가 아니면 성에 차지 않는 높은 기준이 생겼고, 참 다행히도 그런 남자를 만나게 되었다. 어쩌면 아빠가 물려준 사랑 때문에 내가 그런 사람을 알아보는 안목이 생긴 게 아닐까? 나도 우리 딸에게 그 사랑을 유산으로 물려주고 싶다.

ep 45. 사랑꾼의 비결

남편이 사랑꾼인 이유는
다 따로 있는데
이젠 익숙해..
입만 열면 사랑..

바로 시어머니의 참 교육이다
천상계 시어머니
사랑 능력 3000%
따스함 9000%
우리 꿀복아 사랑해
내가 본 사람 중 손에 꼽게 따스하신 분

어머님은 오빠에게 종종 전화를 하셔서
(나한테 전화는 거의 안하신다)
어 아들~
네 엄마 왜용?

오빠가 나한테
잘 하고 있는지를 확인하신다
너 꿀복이한테 잘 하고 있냐?
의심
아 엄마ㅋㅋㅋㅋㅋ 잘해주고 있지이~
친정엄마 전화 아님.. 시어머니 전화 맞습니다

이어지는 어머님의 맞는 말 대잔치
카리스마
야 여자는 사랑을 많이 줘야 해
꽃처럼 예쁘다 해주고 사랑한다 해주고 해야되는거야
진짜 우리 어머님 걸크러쉬

전화로 끝나지 않는
어머님의 며느리 사랑은
아들 밤 집 앞에 갖다놨다
꿀복이 그거 까먹을 시간 없는뎅
야 니가 까서 입에 넣어줘야지
애가 진짜 답답한 소리하네

아들을 더 사랑꾼으로 만들고

배비야 아~해봐
앙

어머님을 향한 사랑과 존경이
더 커지게 한다

나도 사랑이 넘치는 어른이 될거야
우리 이번주에
엄마 보러 또 가자
또?
아들 맞냐?

오빠가 나한테 참 잘하는 수많은 이유 중 하나에는 시어머님의 철통 감시가 있다. 어머님은 오빠에게 자주 전화해서 남편 노릇을 잘하나 검사하신다. 그 통화를 엿들을 때 난 입가에 미소가 번지다 못해 입이 귀에 걸려버리고 만다. 세상에 이런 시어머니가 실존한다니, 아직도 믿을 수가 없다. 어머님의 며느리 사랑 덕분에, 부족한 며느리의 어머님을 향한 사랑이 자꾸만 더 커져간다. 자꾸만 더 잘해드리고 싶고 한번 더 찾아뵙고 싶은 사랑하는 내 어머님.

ep 46. 결혼기념일에 시어머니가 해주신 선물

우리는 늘 결혼기념일을 챙겼지만
결혼 좋아
매년 같은 장소에서 사진 찍음

올해는 너무 바빠서
둘 다 까맣게 잊고 있었다
애 보느라 반쪽
...
나가자!
이직하고 정신 하나도 없음

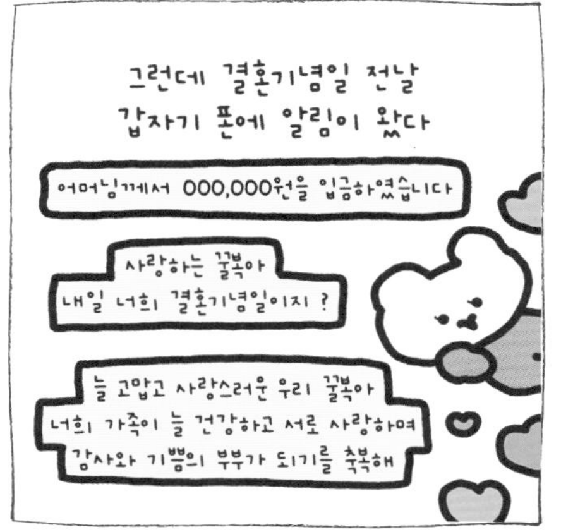
그런데 결혼기념일 전날
갑자기 폰에 알림이 왔다
어머님께서 000,000원을 입금하였습니다
사랑하는 꿀복아
내일 너희 결혼기념일이지 ?
늘 고맙고 사랑스러운 우리 꿀복아
너희 가족이 늘 건강하고 서로 사랑하며
감사와 기쁨의 부부가 되기를 축복해

우리 둘도 잊은 결혼기념일을
챙겨주시는 어머님이라니
헉 오빠 방금 어머님께서
나한테 용돈 보내주셨어 우리 내일 결기래
헐 나 완전 잊고 있었어
나중에 기념일 잊었다고 어머님께 한소리 들음

생각해보니
이번이 처음이 아니었다
첫 번째 결혼기념일
헝 어무니이이
꿀복아
축하해
꽃다발 들고 집 앞에 오심

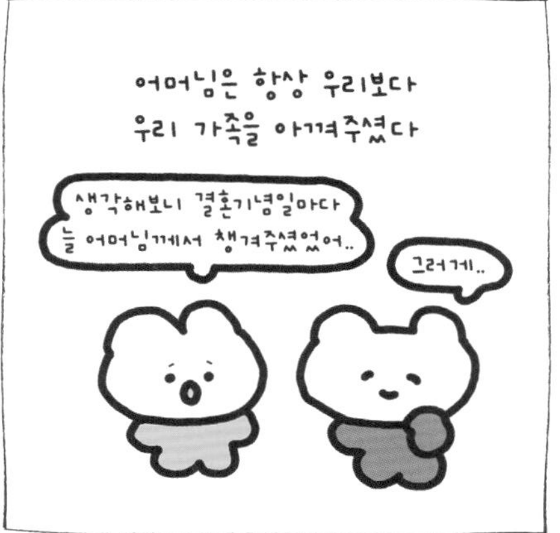
어머님은 항상 우리보다
우리 가족을 아껴주셨다
생각해보니 결혼기념일마다
늘 어머님께서 챙겨주셨었어..
그러게..

그 사랑에 보답하는 마음으로
더 사랑하는 우리 가족이 되어보려 한다

우리 더 사랑하고 살자
그게 이 감사한 마음 갚는 방법 같아
우웅 나랑 결혼해줘서 고마워

처음으로 어머님께서 결혼기념일을 챙겨주셨던 날이 생각난다. 결혼 후 첫 번째 결혼기념일, 친구도 가족도 없는 타지에서 퇴근하고 집에 올 오빠만 기다리고 있었다. 그러던 나에게 걸려온 시어머니의 전화. 집 앞으로 잠깐만 나와볼 수 있냐는 남자 친구 같은 멘트를 듣고 내려간 아파트 1층 현관에는 어머님께서 커다란 꽃다발을 한 아름 안고 서 계셨다. 결혼기념일을 축하한다며, 이건 내가 주는 거고, 오빠한테도 꼭 꽃 달라고 하라며 꽃다발만 건네주고는 바삐 돌아가신 어머님. 어떻게 이 사랑에 다 보답할 수 있을까?

ep 47. 엄마 같은 시어머니

나는 우리 어머님의 극성팬이다
대한민국 원탑 시어머니
우리 어머님 진짜 만만세
내 엄마라니까 진짜 ..

결혼하고 몇년 동안 아기가 생기지 않을 때
어머님 저 이번에 난임병원에 가보려구요
어머 그랬구나
엄마는 꿀복이가 더 천천히 아기 가지려는줄 알았어..

아무 말 없이 기다려주시고 기도해주셨던 분
너희가 아기를 기다리고 있었구나
꼬옥
기도할게 사랑스러운 아기가 올거야

내가 좋아하는 음식을 언제든지 해주시는 분
꿀복이가 청국장 먹고 싶다고 했다며
엄마가 집 앞에 갖다놨어
우와아

늘 내 수고를 알아주시는 분
사랑이가 너무 활발해서 우리 꿀복이가 살이 너무 빠졌다
힘들어서 어떡하니
까까 줘
쿵!

내 존재를 소중히 여겨주시는 분
우리 꿀복이는 정말 사랑스러운 사람이야
야 꿀복이 좀 봐 보기만 해도 좋지 않냐
더 잘해줘

나를 정말 딸처럼 여겨주시는 분

이제 가면
보고 싶어서 어떡해
어머니님
그렁
그렁

타 지역으로 이사가기 전에 마지막 인사

사랑을 가르쳐 주시는 분

사랑하는 꿀복아
넌 정말로 사랑스럽고 사랑스럽단다
늘 감사하고 사랑해요

아무리 시어머니가 잘해줘도 시어머니는 시어머니라는 말이 있다. 하지만 우리 시댁은 뭔가 좀 다르다. 시댁에 가서 요리도 하지 않으면서 설거지까지 건너뛰고 소파에 누워 텔레비전을 보는 모습은 며느리가 아니라 분명 딸의 모습인데, 우리 시댁 며느리들은 다 그런 모습이다. 그만큼 편안하게 우리를 대하고 배려해주시는 어머님의 무한 사랑 덕분이겠지? 꽉 막힌 속이 뚫리는 사이다처럼 속 시원한 시댁 이야기가 드라마에 나오는 게 아니라 우리 집에서 현실로 이루어지니 이게 무슨 복인지 모르겠다.

ep 48. 결혼하고 나니까 엄마가 더 보고 싶어

결혼 전에는 그렇게 독립이 하고 싶었는데
나만의 집..
내 맘대로 인테리어 하고..
내 멋대로 살아버릴 거여..

막상 결혼을 하고 나니
엄마 나 독립한다 잘 있어
섭섭
지지배 되게 좋아하네

이상하게 엄마가 자꾸 생각이 난다
저녁에 오징어볶음 할거다
근데 어떻게 하는 거지
엄마아~
엄마한테 전화 찬스

커피를 마실 때도
엄마랑 항상 같이 모닝커피 마셨었는데..
적적
야 커피 마셔

집안일을 할 때도
엥 빨래가 왜 까매
범인
엄마가 해줄 때는 몰랐는데 빨래도 어려운 거구나

혼자 있을 때는 더..
엄마도 나처럼 젊을때 시집갔는데 이런 시기를 엄마도 보냈겠지?
감정과잉
예쁜 우리 엄마..

돌아보니 집안 곳곳 보이는 엄마의 손길에
엄마 반찬
엄마가 사온 꽃

엄마가 더 보고싶어진다
엄마랑 살때 더 많이 사랑한다 할걸
뿌앵
이젠 같이 못사는 거잖아아

엄마는 내 영원한 버팀목이구나

엄마 나 안아죠
나 그냥 엄마랑 살까 ?
대답을 왜 안해 엄마

분명 결혼은 장성한 어른이 부모 곁을 떠나 어엿하게 독립하는 것인데, 난 결혼을 하고도 왜 자꾸 엄마 바라기가 되는지 모르겠다. 결혼하고 나니 이상하게 사소한 일에도 엄마 생각이 난다. 내 젊음을 보며 우리 엄마의 젊은 날이 상상되고 괜히 눈물이 쏟아진다. 이제는 엄마 밥으로 세끼를 먹을 수도 없고, 일어나라는 엄마의 목소리로 아침을 시작할 수도 없는데…. 아마도 엄마는 내 영원한 버팀목인가 보다.

ep 49. 대리 효도

대리효도라는 말이 있던데
우리 엄마 좀 더 챙겨주면 안 돼?
당신이 아들이잖아 왜 나한테 바래
극단적

아마도 상대가 내 부모님께 잘하기를 바라는 기대가 큰가보다
울 엄마한테 전화 좀 자주 드려
자기도 안하면서...
부들
부들

우리 부부도 대리효도가 심한데
아 대리효도로 어디가서 절대 안 지지

서로 부모님께 잘하려고 안달이 났다
오빠 어머님 이 신발 사드리자 그때 발 아프시다고 했잖아
어 이 스카프 예쁘다 엄니 선물 드리자

오 포도 좋아보인다 장모님 과일 좀 사드리자
장인어른 운동복 선물 드리고 싶은데

근데 이제 약간 경쟁이 붙을 정도로..
이거 엄니 잘 어울리실 듯
우리 엄마 그 색깔 안 좋아하시거든?
뭐래 좋아하실걸?

서로 부모님께 잘하려는 모습을 보니
어우니이
장모님 댁 놀러가자 !!!!!

서로가 더 사랑스러워 보인다
넘 착해.. 나 결혼 잘했어
우리 꿀복이.. 넘 싹싹해

대리효도는 장점밖에 없다!
내 가족을 소중히 대해주니까
사랑이 더 커지는 것 같아
어우니이

결혼해서 많이 싸우게 만드는 요소 중 하나는 상대방의 가족이 아닐까 하는 생각이 든다. 서로가 서로의 부모님에게 더 잘하길 기대하고, 내 부모님과 상대 부모님에게 똑같은 수준의 효도를 하길 원하고. 그래서 상대방이 내 부모에게 더 잘하길 바라는 마음 때문에 생기는 갈등인 '대리 효도'라는 말도 생겼나 보다. 하지만 우리 부부는 왜인지 각자 서로의 부모님 생각만 한다. 이쯤 되면 부모님이 바뀐 게 아닐까 생각이 들 정도인데, 서로의 부모님에게 잘하려는 모습은 부부 관계를 더 돈독하게 만들어준다.

ep 50. 가족이 뭐길래

우리 집은 세 자매다
1
2
3
아이고 딸 부잣집이네
아버님이 꽃밭에 사시네요

자매지만 성격이 정말 다른 우리 셋
개같은 K-장녀
어디가서
절대 안 지는 둘째
젤 이쁜데 사나운 막내
성격 거지 셋
걍 셋이 똑같은 것 같기도 하고…

아무튼 우리는 이런 말을 종종 하는데
와 진짜 자매로 만난거 아니면
상종도 안 했다
오 나도
엄마
니네 뭐하는데
나도

어릴 때는 그렇게 치고 박고
싸우던 우리지만
내 옷이라고
아야
언니도 내꺼 쓰잖아
우와 싸운다

다 크고나니 서로 엄청나게 의지가 되고
야 오늘 모해
질척
언니 놀러와라
애기도 데려와

괜히 짠해보이는 날도 많아진다
으구 내가 기저귀 갈아줬는데
언제 커서 아가씨가 다 됐네
ㅋ
코 찡
11살 차이

가족이 뭐길래

시간이 지날수록 더 소중해지는 걸까
어릴 때 좀 작작 때릴걸.. 미안
너무 늦은 후회라고 봐

역시 남는건 가족뿐이구나

오늘도 더 사랑해야겠다

나는 그 유명한 K-장녀다. 세 자매 중 장녀인 나는 어릴 때부터 수도 없이 동생들과 싸웠는데, 다 크고 나니 동생들의 존재만으로도 참 든든하다. 동생들을 생각하면 한편으로는 괜히 짠해지기도 하는 이 마음. 형제자매가 주는 든든함은 말로 표현할 수 없다. 가족은 참 특별하다. 피는 진하다는 말처럼, 한배 속에서 나온 우리는 이 세상 어디에서도 찾아볼 수 없는, 서로를 빼닮아 소중한 존재다. 오늘도 후회 없이 더 사랑해야지.

ep 51. 엄마의 마음

결혼 후 남편을 따라
타지로 내려온 나
오빠만 있으면
어디 살아도 상관 없어
패기

하지만 막상 내려오니
외딴 섬 같은 곳에서 힘이 들었고
정말 아는 사람이
하나도 없네
남편 퇴근바라기
오빠는 언제 퇴근하지

엄마는 그런 나를 위해
종종 시간을 내서 오셨다
야 엄마 내일
니네 집 간다
우와아아

내려오실 때마다 엄마는 늘 양손 가득
야 무거워
빨리 좀 날라봐
바리바리
엄마 뭐야 이사 왔어 ?

내가 좋아하는 것들을 가지고 오셨다
과일
꽃
초밥
빵

다 컸어도 난 여전히
엄마의 손길이 필요한 딸인가 보다
엄마아 가지마아
ㅋㅋㅋㅋㅋㅋㅋㅋ
바짓가랑이
야 놔 차 막혀

엄마가 가시고 나면
집안에 사랑이 남아 있는 것 같다
엄마가 준거 아껴 먹을거야

엄마에게 난 아마도 평생 아기겠구나
코 흘리개
우와 엄마가 준 빵
엄청 맛있당
엄마 최고다
으이구

그리고 우리는 평생 친구가 되겠구나
엄마 우리 오늘 뭐할까
60살
90살
뜨개질하면서
드라마 정주행 고

내가 결혼식을 올린 날 저녁, 동생이 엄마의 모습을 담은 동영상을 보내왔다. 동영상 속 엄마는 "꿀복이는 내 친군데…" 하고 울고 계셨다. 친구 같은 나의 엄마는 그렇게 먼 타지로 떠나버린 딸을 보러 일주일에 한 번씩은 내려오셨다. 엄마의 마음은 그런가 보다. 이 글을 쓰면서도 눈물이 나는 지금도 엄마가 너무나 필요한 철없는 딸이다. 우리는 아마도 둘 다 꼬부랑 할머니가 되는 날까지 서로에게 최고의 친구가 되어줄 것 같다. 엄마, 내 엄마여서 고마워.

ep 52. 부모님의 젊은 날

우리 집에는 사진이 참 많은데
남는 건 사진이다
산더미 앨범
아빠 취미가 사진 찍기였음

두꺼운 앨범을 꺼내 보는건 참 재밌다
아 이제 슬슬 앨범 볼 때가 됐는데
주기적으로 봐줘야 제 맛이지

옛날 사진들을 보고 있으면
이상하게 사진이 참 생생하고
허어억 이때 이랬구나
시간 여행 하는 법 = 앨범 꺼내기

젊은 날의 엄마 아빠의 모습이
낯설게 느껴진다
워야 아빠 애기야
엄마 너무 예쁜데? 아빠 세금 더 내라

그리고 금세 마음이 뭉클해진다
잉 나 왜 눈물이 나냐
또 우냐고 감정과잉 인간아
너나 울지 마세요

엄마 아빠의 청춘은
꼭 빛이 나는 것 같다

우리 엄마 아빠도
이렇게 예쁘고 멋졌구나
선남선녀다
지금은 많이 나이 드셨는데..

두 사람의 사랑이 열매를 맺어서

이렇게 우리가 되었구나

부모님 옛날 사진을 보고 있으면 꼭 타임머신을 탄 것 같다. 계속해서 상상하게 되는 사진 속 젊고 풋풋한 아빠, 엄마의 모습. 저렇게 빛나고 예쁜 두 사람이 사랑을 해서 우리 세 자매가 탄생하고, 내가 결혼을 해서 또 세 식구가 되고. 사랑은 그렇게 시간 속에서 계속 열매를 맺고, 사랑스러운 사람들을 세상으로 초대해서 살아가게 한다.

파트 5.

결국, 사랑은 성장

ep 53. 아기 천사야, 언제 올 거야?

우리는 긴 연애 후 결혼을 해서
21~26살 연애
어 저기 내 청춘 다 가져간 놈이다
이씨...

난 바로 아기를 가지고 싶었다
신혼 없어도 돼
굳건
오빠 난 무조건 애 셋이다

우리 둘 모두 다복한 집에서 자랐기 때문에 더더욱!
딸 셋 집 장녀
아들 셋 집 장남

결혼 전에는 아기가 금방 오는 줄 알았지만
우하하 이제 곧 생리 예정일이네?
젊으니까 될 거라고 자신감 넘치던 때
임테기 사놔야지 한방에 되겠지 뭐

아기를 만나는 건 생각보다 기다림이 필요했다
엉 한줄이네
당황
괜찮아 다음 달이 또 있으니까..

일 년 뒤
이상하다 왜 안되는거지
안 믿겨서 여러개 뜯어본 테스트기
이번에는 뭔가 울렁거리기도 하고 진짜 임신인 줄 알았는데
증상만 보면 매번 임신

임신에 집착할수록 몸도 점점 안좋아졌고

오빠 나 임신 계획
시작하고부터 생리를 안해
스트레스성 무월경

그렇게 천천히
아기를 기다리며 난 메말라갔다

또 한줄이네
도대체 뭐가 문제지

사랑하는 사람이 생기면 결혼을 하고, 결혼을 하면 아이를 가지는, 당연하게 이루어질 줄 알았던 일이 마음처럼 되지 않았다. 원하면 가질 수 있을 거라 생각했던 생명은 내 손이 아닌 하늘에 손에 달려 있었나 보다. 모든 방법을 동원해서 애를 써도 쉽게 만날 수 없었던 우리의 아이. 그렇게 우리 부부는 천사 같은 아이를 상상하며 하늘에서 정해주는 때를 기다렸다.

ep 54. 난임이라는 긴 터널

온갖 증상놀이만 겪으며
그렇게 3년에 가까운 시간이 흘렀다
배통증
소화불량
울렁거림
부정출혈

이때 날 가장 괴롭히던 것은
자책이었다
오빠 나 마음이
다 망가진 것 같아
엉엉
마음이 새까매

친구들이 임신해도
진심으로 축하를 못하겠어
지나가는 유모차만 봐도
눈물이 쏟아져
마음 비우라고 말하는 사람들도
미워지는 것 같아
난 진짜 나쁜 애야
그래서 아기가 안오나봐

아기를 바라는 마음이 잘못도 아닌데,
자꾸 화살은 나에게 향했다
사람들 위로도 듣기 힘들어
내가 모자라서
아기가 안 오는거야

다른 사람들에게는 쉬워보이는 일이
왜 나에게는 이토록 어려운지
지인들의 임신 소식
갑자기 찾아온 생명!
또 임신을 했어요
둘째야 어서와

난임은 꼭 끝이 없는 터널 같았고
내가 정말 엄마가 될 수 있는걸까?
테스트하고 버린 임테기
쓰레기통에서 다시 주워서 보는 중

그 중 가장 무서운 것은 끝내 나에게
아기가 오지 않는 상상이었다

이러다가 정말 끝까지
아기가 안생기면 어떡하지

갖은 방법을 써도 모든 것이 막히던 그때,
날 잡아준건 잔인하지만 희망이었다

가장 좋은 때에 오려고 하는거야
우리가 원하는 때가 아니라
아기가 원하는 때에 오려고 하나봐

살면서 가장 가슴 아팠던 시기가 언제냐고 물어본다면, 아이를 기다리던 '난임'의 시기라고 답하고 싶다. 대단한 것을 바라는 것도 아닌데 나는 왜 엄마가 될 수 없는 것일까? 결국 모든 화살은 나에게로 향했고, 자책은 일상이 되어버렸다. '내가 아직 부족해서 엄마가 될 준비가 안 됐나 봐', '이렇게 못난 마음을 먹으니까 아이가 찾아오지 않는 게 당연해'라는 자책은 내 마음을 더 아프게만 했다. 살면서 가장 많은 눈물을 흘렸던 시기다. 이 긴 터널에도 끝이 있기는 하겠지 생각하며 두렵지만 아이를 향한 마음을 절대 포기하지 않았다. 언젠가 찾아올 아이를 상상하며 그렇게 우리 부부는 터널 속을 걸었다.

ep 55. 난임 전문 병원에 가보는 거야

아기를 기다리며 갖은 노력을 했지만
배테기
산부인과
배란유도
다이어트
한의원
체질식

끝내 미뤘던 것은 난임병원이었다
무섭기도 하고,
난 정말 자연임신이 하고 싶었어
거기 가면 난 정말 문제 있는 몸이라고
도장 찍힐 것 같아
(아니다)
현실을 부정하고 싶은 마음이기도 해

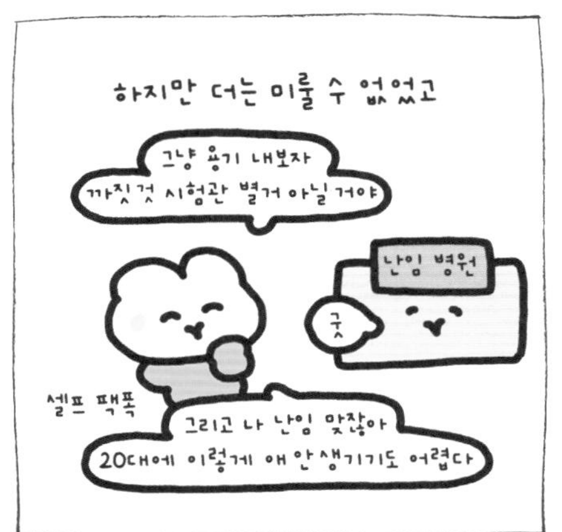
하지만 더는 미룰 수 없었고
그냥 용기 내보자
까짓것 시험관 별거 아닐 거야
난임 병원
굿
셀프 팩폭
그리고 나 난임 맞잖아
20대에 이렇게 애 안 생기기도 어렵다

난임 검사를 마친 후 결과는..
인공수정은 의미 없고
바로 시험관 하셔야겠어요
내 이럴 줄 알았지

그렇게 시험관을 앞둔 우리는
그런데 이번 달은
시험관을 하기엔 이미 늦었고,
그냥 날리기는 아쉬우니까
인공수정이라도 해보시겠어요?
가능성은 거의 없지만 그래도..

예상치 못하게 인공수정을 하게 되었고
으아아악
어차피 가능성 없다니까
대충 찔러
나 못해
느아악
쫄보 부부의 자가주사 현장

그렇게 2주의 기다림이 시작되었다

나 이번에는 기대 안해
임테기도 안할거야
어차피 인공수정 1차는 로또래

큰 용기가 필요했던 난임 전문 병원 방문. 왜인지 그곳에 가면 내가 정말 '난임'인 사람이라고 낙인이 찍힐 것만 같았고, 그래서 계속 미루고만 싶었다. 긴 고민 끝에 방문을 하고 난임 검사를 마치고 나니, 걱정했던 대로 시험관 시술이 필요한 상태였다. 그러다 우연히 시도하게 된 인공수정. 어차피 안 될 일이라 생각한 우리 부부는 인공수정을 마치고 그다음 달에 시험관을 할 마음의 준비까지 마쳤다. 주삿바늘을 그렇게 무서워하는 나는 소리를 고래고래 지르며 배에 스스로 주사를 놓았다. 그리고 우리는 결과를 기다렸다.

ep 56. 3년 만의 임밍아웃

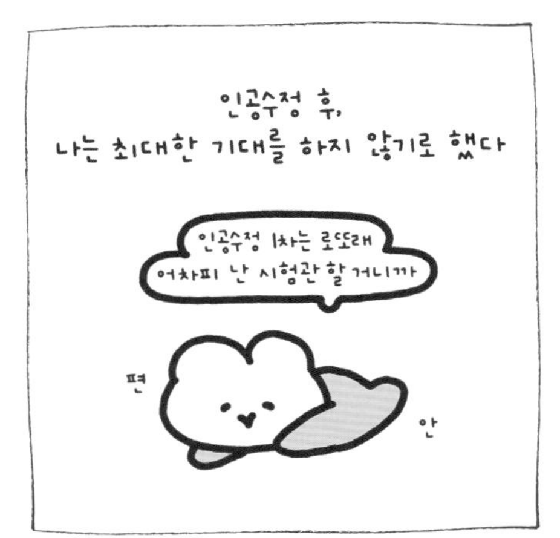

인공수정 후,
나는 최대한 기대를 하지 않기로 했다
인공수정 1차는 로또래
어차피 난 시험관 할거니까
편
안

증상 하나 하나에 집착하던 전과 달리
마음도 자연스레 비워졌다
아 배 아프다
생리 각이네
일부러 임테기도 안사놨지롱
빨리 임신 확률 높은 시험관 하고 싶은 마음 뿐

그러던 어느날
하나 남았던 임테기를 발견했고
화장실 선반
임테기
엥 모지 하나가 남아 있었네
적셔
이건 못 참지

그렇게 나는 태어나 처음으로 두줄을 봤다
헐

막상 두줄을 보고 나니
믿어지지 않아 웃음만 나왔다
이게 모야
헤헤헤
진짜인가 이거
안믿어져서 화장실, 거실, 부엌 조명 아래서 보는중

오빠에게 소식을 전하고 나서야
실감이 나던 임신 사실
아빠 안녕
찌잉
꼬옥

그렇게 긴 터널을 지나
우리는 부부에서 부모가 되었다

우리가 엄마 아빠가 되다니
안녕! 내가 아빠야

아기는 꼭 찾아온다
기다리는 엄마 아빠의 품으로
선물같이 와락 안겨줄거다

우리에게 그랬던 것처럼

임신 사실을 처음 알게 된 그날이 아직도 생생하다. 인공수정 후 2주간 기다리면 결과를 알 수 있었는데, 열흘째 되던 밤 우연히 하나 남아 있던 임신 테스트기를 발견한 나는 그새를 못참고 테스트를 했다. 3년 동안 한번도 보지 못했던 두 줄이 흐릿하게 눈앞에 보였다. 임신을 하면 어떨까 상상했을 때는 눈물이 쏟아질 거라 상상했는데, 막상 두 줄을 보고 나서는 믿기지 않아 마냥 웃음만 나왔다. 내가 엄마가 되었다는 사실이 설레어서 그날 밤은 밤을 꼴딱 새우고 말았다. 다음 날 퇴근한 오빠에게 임신 사실을 알리고 나서야 쏟아지는 눈물. 우리는 꼭 안고 그렇게 한참 눈물을 흘렸다. 아가야, 와줘서 고마워. 널 오래 기다렸어!

ep 57. 임신 극초기 남편은…

임신 사실을 알게 된 후
오빠는 걱정꾼으로 변했다
산책가자
사랑이도 가고 싶대!
임테기를 보자마자 사랑해를 외쳐서
태명은 사랑이가 되었다

엘레베이터가 안 오네
아이고 다리야
!!!
계단에 앉아도 되는거야 여보!?!?!?

깔깔
오빠! 임신하니까 더 신나!
그렇게 빨리 걸어도 되는거야 ?
왜 안돼 ?

...
차 타도 되는거겠지?
왜 안돼
엥

그 후로도 오빠는...
걱정이 참 많아졌다

설거지도
안 하는게 좋겠어
개똥도 치우지마
그런 음식 막
먹어도 되는 거겠지?
누워 있는게 좋을 것 같아

걱정꾼이 되어버린 오빠 덕에
엄청난 안정을 취하는 임신 초기였다

킥킥
내버려둬야겠다
이득이다 이득
오빠가 사다 준 아이스크림이랑 포도

평소에도 오빠는 내 걱정을 많이 하는 편인데, 임신 후 오빠의 걱정은 중증이 되었다. 오빠는 내가 조금만 빨리 걸어도 걱정하면서 온갖 집안일을 다 하고 나는 절대 누워만 있게 했다. 덕분에 나는 다들 조심하라는 임신 초기를 엄청난 휴식과 함께 보낼 수 있었다. 임신 중기부터는 조산 기 때문에 고위험 산모가 된 나를 위해 요리를 해주고, 누워 있는 내 입에 음식을 넣어주기까지 해준 고마운 남편. 임신 기간 내내 오빠는 날 지극한 사랑으로 배려해줬고, 나는 세상에서 제일 사랑받는 임신부같이 지낼 수 있었다.

ep 58. 남편의 아빠 노릇

임신 초기에는 몸의 변화가 크지 않다
키위 아니고 키위 씨 ? 아기는 정말 작구나..
아기 크기가 키위 씨만해요!
254일 태어나기까지

그래서 엄마가 되었다는 것이 실감이 안날 때가 많지만
어때 이러니까 임산부 같지
그건 밥이에요 여보

오빠는 일찍이 아빠 노릇을 시작했다
아빠라니
아빠가 되서 좋으신가봐여
랄라
아빠라니
그럼!
벌써 할말도 있어

인터뷰식 태담
사랑아~ 거기 있어?
배 속은 어때?
안 깜깜해?
깜깜한 거 안무서워?
뭐하고 있었어?

환상을 깨기 싫어서 내버려두기로 했다

걔 아직 귀 없어..
우럭 우럭 자라라
엄마 넘 힘들게 하지말고오
우아지경

이때 생각했다

사랑이는 좋겠다 아빠 되게 귀엽지이
초음파 사진 보는 중
찌잉

오빠는 참 좋은 아빠가 될 것 같다고

임신 사실을 알게 된 후로 오빠는 종종 내 배에 대고 이야기를 했다. 아기 태명은 '사랑'이었는데, 사랑이 이름을 부르며 이것저것 물어보는 오빠의 모습은 참 귀엽고 사랑스러웠다. 아직 귀도 생기지 않은 아이에게 이런저런 이야기를 하는 오빠의 모습을 보고 있으면 오빠가 얼마나 멋진 아빠가 될지, 얼마나 사랑 많은 아빠가 될지 저절로 상상이 되었고, 그 상상만으로도 너무나 행복한 태교가 되었다.

ep 59. 날 닮은 아기였음 좋겠어

딸이라는 사실을 알고 난 후
오빠가 가장 자주 하는 말은
사랑이가 여보
닮았으면 좋겠어
와이프 미니미!
나는 하나도
안닮으면 더 좋아!

왜애
난 사랑이가 오빠도
닮았으면 좋겠는데
얼굴 빼고..
왜냐하면 자기는..

진짜 웃기단 말이야 !!!!!
사랑이까지
웃기다고 상상해봐
나랑 살면 재미있을 것 같아서 결혼한 사람

이어지는 그의 희망사항
찐 몸치
자기처럼 까불이였으면 좋겠어

극대노
남은 과자
여보가 먹었냐?
자기처럼 내가 먹을거 뺏어먹으면
막 화냈으면 좋겠어

자기처럼 터프했으면 좋겠어
메뚜기도 잡고
나방도 잡고 막..
악 어뜨캐 어뜨캐
나방이다 여보 나방
나방 어디에 있어

그리고 또 자기처럼...
쫑알
자기처럼
자기처럼
쫑알
사랑아 그냥 할미가
엄마를 하나 더 낳는 게 빠르겠다
ㅇㅇ...

날 그만큼 사랑한다는 의미로
받아들이기로 했다

여보는 내 모습이 다 좋구나?
웅 다 좋아

오빠는 딸을 간절히 바랐는데, 이유는 나를 닮은 아이였으면 하는 마음에서였다. 임신 16주가 지나면 성별을 대략 알 수 있는데, 그때 딸이라는 사실을 알고 나서 오빠는 디테일하게 바라는 것이 많아졌다. 오빠의 구구절절한 이야기를 다 듣고 나면 결론은 '아내를 닮은 딸'을 원하는 것이었다. 내 모습이 마냥 다 좋다는 오빠는 날 닮은 딸이 있다면 너무 행복할 것 같다고 했다. 오빠의 바람대로 우리 딸은 내 성격을 쏙 빼닮았고, 어린 시절 나를 보는 것만 같다. 덕분에 우리 집은 늘 웃음이 넘치는 중이다.

ep 60. 파란만장 임신기

사랑이를 처음 만난 건
5월 부부의 날이었다
두 줄이라니
아가야 사랑해
찌잉!

그때는 몰랐다
임신이 삶을 송두리째 바꾼다는 것을
엄마라니
아빠라니
아기천사 사랑
되게 좋아하네..
아직 뭘 모르는군

초기에는 입덧
그우웨엑
살려줘
와 다이어트
7키로 넘게 빠짐

12주에는 임신성 저혈압으로 실신
여보!!!
정신차려
뇌진탕으로 머리만 세우면 토해서
여름 내내 누워서 지냄

중기에는 임신성 당뇨
임당은 식전 야채 섭취와의 전쟁이다
아 신입양이신가보다
편하게 풀 위주로 드세요
음매애

후기에는 조산기로 장기입원 등
조기 진통이에요
병원에서
애 낳으셔야겠는데요
네?
무슨 전개가 이래요

열달동안 배 속의 보스 베이비는
존재감을 그렇게 드러냈고
쉽지 않을거라
말했었지 ?
임신이 이렇게
힘든 거였어?

파란만장한 임신기를 보내고나니
왠지 모를 전우애가 생겼다
여보 우리 많이 왔다
이게 가족이지
임신만큼 대단한 일은
열달 품어내기다

임신기는 참 고되고 길었지만

앞으로 두분 더 끈끈해질 겁니다

아기는 태어나기 전부터 부부를
더 돈독하게 만들어주는 고마운 존재다

임신 전에는 '임신' 자체가 가장 어려운 일이라고 생각했는데, 임신하고 나니 유지하는 일이 임신만큼 어려운 일이었다. 나보다 유난맞은 임신기를 보낸 사람을 본 적이 없다고 자신 있게 말할 수 있을 만큼 임신 중 이벤트가 참 많았다. 배 속 아이를 지키기 위해 내 삶을 모두 내려놓고 보내야 했던 길고 긴 임신기. 고된 임신기를 보내고 나니, 길에서 마주치는 임신부를 보기만 해도 마음이 쓰리다. 한 생명을 배에 품고 있다는건 정말 위대한 일이다. 모두가 한다고 당연한 일이 아니다. 모든 엄마는 참으로 위대하다.

ep 61. 아기를 만나다

기나긴 임신을 마치고
아기 만나는 날을 정했다
38주 6일에 수술하시죠
더 늦게 하면 안돼요?
그러다 진통오면
억울하실 텐데
시키는대로 하겠습니다

내 발로 수술대 위에 걸어 올라가서
하반신
마취할게요
산모님 올라가셔서
새우등 하세요
그게 뭐예용

공포의 수술 시간을 겪으며
아기를 만나게 되었는데
으아아 선생님
숨이 안쉬어져요
산모님 아기 곧 나와요

그토록 궁금하던 아기의 모습은
건강하겠지?
누구 닮았을까?
아직도 안 믿겨 우리가 딸이 있다니

가히 충격적이었다
내가 왜 오빠를
낳았는지 아시는 분
손 들어주세요
남 편 딸

너무나도 작은 아기를 보고 있노라니
정말 작다
너무 너무 작아
쨰꼼쓰
리모콘 두개만 함

이 세상에 널 초대한 것이
조금은 두렵기도 하면서
잘 키울 수 있겠지
이상하게
미안한 마음이 드네

난생 처음 느껴보는 책임감이
마음을 가득 채웠다
우리 아기라니
아직도 실감이 안나
우리가 부모라니..
애 잘때 사진 보는 중

넌 정말 작지만
벌써부터 우리를 충만하게 하는구나
사랑의 마법사 같아

드디어 다가온 출산의 날. 나는 건강상의 이유로 제왕절개로 분만하기로 결정했고, 수술대 위에 내 발로 올라가며 수술이 시작되었다. 수술 내내 머릿속에는 온통 아기 건강 생각뿐이었다. 늘 작았던 사랑이가 나올 때는 몸무게가 많이 나갈지, 건강할지. 그렇게 수술이 끝나고 기다리던 사랑이를 만났다. 내 손보다 작은 아기의 머리. 내 새끼손가락에 꽉 차는 아기의 손. 손수건 한 장으로 다 가려지는 아기의 몸. 내 배 속에서 꼼틀거리던 아기가 너구나. 아이를 보자마자 우리는 막대한 책임감이 생겼다. 우리만 믿고 세상에 나온 너에게 행복한 세상을 보여줄게!

ep 62. 출산 후 남편의 첫 눈물

많은 아빠들이 아기를 처음 보는 순간
눈물을 흘린다고 한다
흐흑흑.. 아가야
첫만남 →
오ㅋ
← 출산 영상 많이 찾아본 쫄보

오빠의 눈물도 은근히 기대가 되었는데
사랑아아아
오 열 쇼
그럼 우리 오빠도 울겠네
ㅋㅋㅋㅋ
ㅋㅋㅋㅋㅋ
평생 놀려야지 울보새끼

출산 당일
아기 봤어 오빠?
응 여기 보여줄게
비몽사몽 마취깨는 중

하지만 예상과 달리 오빠는 울지 않았다
아기 보고 눈물 안났어?
응 안 나던데
뭐야 아빠 맞음?
↑
정작 본인도 안 움

그렇게 입원실로 돌아와 쉬는데
꿀복이 환자분~
네에

악명 높은 출혈 검사를 하게 되었다
수술 후 배에 올려놨던 모래주머니와 복대를 풀고
배를 손으로 누르며 출혈 체크
어.. 억..
숨이 턱 막히는 고통

배를 여기 저기 눌리고 나니,
오빠가 뒤에서 울고 있었다
꿀복아아.. 어떡해...

아기를 보고도 울지 않던 오빠는
그제서야 눈물을 흘렸다
우리여보오... 어떡해...
너무 아프지...
너무 아프고
무서웠어

이럴 때 꼭 사랑은
눈에 보이는 것만 같다

왜 울고 그래!
나도 눈물나려고 하잖아
너무 고생했어..

제왕절개를 하면 수술을 마치고 나서 몇 시간 지나지 않아 '출혈 검사'라는 것을 해야 한다. 검사를 하려면 수술 후 차고 나온 복대를 푸르고 간호사분께서 배를 인정사정없이 눌러야 하는데, 억 소리도 나오지 않을 만큼 극심한 고통을 느꼈다. 그렇게 출혈 검사를 마치고 정신을 못 차리는 내가 눈을 떴을 때, 가장 먼저 보인 것은 눈물을 흘리는 오빠의 모습이었다. 아기가 처음 태어난 순간에도 울지 않던 오빠는 아파하는 날 보고 그제야 눈물을 쏟아냈다. 내 아픔에 함께 눈물 흘려주는 남편, 최고의 보호자다.

ep 63. 육아하면서 싸우지 않는 법

하루는 내가 마지막 수유를 하고 있는데
막수 담당
목욕 정리 + 빨래 담당

오빠가 갑자기 방으로 오더니
여보오
웅
끄억

다짜고짜 사과를 했다
미안해애
엥

엥 뭐가 미안해
자기는 아기 밥 주는데
난 방에서
전화 통화나 했잖아

그게 뭐가 미안할 일이야~
나만 논 것 같아서 미안해
뭐야 ㅋㅋㅋ
별꼴이셔 빨리 가서 더 놀아!

육아하면서 싸우지 않는 법은
아기 재우기 분유 주기
응가 치우기 놀아주기
육아를 두 사람 공동의 몫이라고
인식하는 것에서부터 시작되는 것 같다

'함께' 하는 일이니까
서로 더 배려하게 되고
내가 할게요
내가 안을게
나한테 줘!

힘은 두 배가 된다
새벽수유는 항상 둘이 함께 함

'우리' 아기니까
'우리'가 육아하는 거다!

보통 사이가 좋던 부부도 아이를 낳고 육아를 하면 싸운다고들 이야기한다. 그만큼 육아는 정신적으로도 신체적으로도 한계를 경험하게 되는 일이 맞다. 하지만 우리 부부는 왜인지 육아를 하며 동지애로 똘똘 뭉쳤다. 우리는 단 한번도 새벽 수유를 한 사람이 하게 둔 적이 없다. 번갈아가며 쉬는 것이 어떻게 보면 효율적이기도 하겠지만, 괜히 옆에 있어주고 싶은 마음이 컸다. 그렇게 우리는 육아를 공동의 몫이라고 외치며 지금까지 열심히 함께 아이를 돌보고 있다. 그래서인지 육아 때문에 싸울 일이 없는 우리 부부. 아이를 키우며 더 배려하고 화목해진 부모의 모습이야말로 아이에게 가장 큰 선물이 아닐까?

ep 64. 사랑받는다고 느끼는 순간

오빠는 내가 항상 일순위다
우리 자기 최고
자기 하고 싶은 거 다 하자
엄마!

밥을 먹을 때도
뭐 먹고 싶어 여보?
여보 먹고 싶은거 시킬까?
음..

어딘가를 갈 때도
우리 오늘 어디 갈까 ?
자기 엄마 집에 서프라이즈로 갈까 ?
좋지
좋지
맨날 우리 엄마 집 가자고 그러네

아기를 볼 때도
으앵앵애
잉앵갱갱
사랑이 내가 가서 보고 올게 여보 더 자고 있어

그 중 내가 가장 감동 받았던 순간은, 육아가 너무 힘들었던 어느날 이었다
와 드디어 육퇴다
하나도 힘든데 둘은 어떻게 키우는 거냐
우리는 둘째 어쩌지

이어지는 오빠의 속마음
나는 솔직히 자기가 너무 걱정 돼
왜?

임신도 출산도 전부 다
여보가 품고 낳는건데..
내가 대신 해줄 수도 없는 일을..
마냥 아기가 예쁘다고 또 낳자고 할 수가 없어

지금도 이미 몸 다 상했는데
또 고생하는거 상상이 안돼
자기 힘든거 너무 싫어
힝 오빠아

아기가 생겨도 날 먼저
생각해줘서 고마워
자기야
난 자기 걱정만 해
나 정말 사랑 받는구나!

아기가 세상에 나온 후로 오빠는 내 걱정에 회사에서도 늘 일이 손에 잡히지 않는다고 말했다. 육아가 얼마나 고된 일인지 잘 아는 오빠는 나를 홀로 집에 두고 일터로 떠날 때마다 발길이 떨어지지 않는다고 말했다. 그렇게 오빠는 나의 힘든 일상을 누구보다 잘 이해해주고, 내 걱정만 했다. 본인도 회사에서 지치고 힘들 텐데 늘 노트북과 업무를 싸 들고 집으로 달려와 야근하는 오빠의 모습은 그 어떤 말보다 강력하게 나에게 말해주고 있었다. 내가 널 너무 사랑하고, 늘 함께해줄 거라고!

ep 65. 남편의 시선

하루는 오빠와 아기를 안고
빵 집에 갔다
오랜만에
빵 사러 가자
레츠 꼬
잉!

빵 집
빵 구경 시켜주는 중
빵 담는 중

그렇게 그냥 지나간 하루라고
생각했는데
아 간만에 외출하니까 좋다
인스타그램 구경 중
엥 오빠가 글을 올렸네

이번에 빵집에 갔을 때 배비가 사랑이 안고
사람들 사이에 있는데, 빛이 나더라고.
'아 이렇게 예쁜 꿀복이가 내 아내구나'
고마워 오빠랑 결혼해줘서
꿀복이는 항상 지금이 제일 예뻐. 사랑해
오빠의 인스타 게시글

사랑 받는건 이런 거구나!

언제 이런 글을 올렸대
녹는다 녹아

오빠는 우리 둘만 볼 수 있는 인스타그램 계정을 가지고 있는데, 종종 그 계정에 나에게 쓰는 편지를 남겨놓곤 한다. 하루는 오빠랑 딸이랑 셋이 짧은 외출을 하고 와서 인스타그램에 들어갔더니, 새로운 편지가 올라와 있었다. 나를 향한 절절한 사랑 고백과 내 사진. 이런 꿀 떨어지는 행동은 연애 초반에나 하다 마는 것이라 생각했는데, 이 사람은 만난 지 10년이 된 지금까지도 한결같은 시선으로 날 바라봐준다. 오빠 눈에 내가 얼마나 사랑스러운 사람이길래.

ep 66. 그날은 참 힘든 날이었다

유난히 아기도 많이 보챘고
끄애애앵
끄아앙앙
아마도 원더윅스
울애기 왜 우니
엄마도 울고 싶다

비가 와서 밖으로 나가지도 못했다
우르르
쾅
둥가
둥가
쾅
이렇게 울 때 유모차라도 태워서
나가면 넘 좋은데..

하루종일 끼니도 챙기지 못하고
잉갱!!!!
= 싫다
자 아~ 맘마 묵자!
엄마는 넘 배고픈데
울 애기는 단식투쟁이네

여러 번 눈물도 났다
언제까지 이렇게 살아야 하나
내 인생은
언제 살 수 있는걸까
띠링!

그때 오빠에게 연락이 왔다
울여보 잘 있어요 ?
나 오늘 진짜 너무 힘들어
아이구.. 너무 힘들지이
어떻게 매일 그렇게 지내..
오빠가 빨리 퇴근하고 달려갈게

퇴근하고 집으로 온 오빠의 손에는
내가 좋아하는 케이크가 들려 있었다
짜잔
자기가 좋아하는
초코 케이크 사왔어
언넝 누워
이제 내가 아기 볼게용

오빠가 없었으면
난 어떻게 살았을까?

많이 먹어 울 애기
마시따..
고마워 오빠

몸도 마음도 지치는 날이 있다. 그런 날 나 혼자뿐이라면 무엇을 해야 할지 잘 모를 때도 있고, 무엇인가를 할 힘조차 없을 때가 많다. 하지만 이런 마음을 오빠에게 털어놓으면, 오빠는 나보다 날 더 잘 아는 사람처럼 특별 코스를 선사한다. 내가 좋아하는 달콤한 디저트를 가져온다거나, 노란색 꽃다발을 들고 온다거나, 손 글씨로 적은 메모를 냉장고에 붙여놓는다거나. 이제는 정말 오빠 없이 어떻게 살아야 할지 상상도 할 수 없다.

ep 67. 일할래, 육아할래?

아기를 키우며
꼭 하게 되는 생각이 있다
일이 힘들까
육아가 힘들까

미디어에는 이런 얘기가 나오던데
난 밖에서 돈 벌어 오잖아
난 집에 틀어박혀서 애만 본다고
워 살벌하네

오빠는 일 할래 육아 할래 하면 일 한다고 할 것 같아
화장실 급한데
못 먹고 못 자고 못 싸고
배고프다
아기한테만 메여서 기본적인 것들도 못하고 지내잖아

나는 밖에서 일하는 오빠가 너무 대단한데
일에 치이고 사람들한테 시달리고
업무 스트레스도 어마어마하잖아
내일 아침까지 끝내세요
...

내 고통보다 서로의 고통을 인정해주면
일 하느라 너무 힘들었지
오늘도 아기 보느라 정말 애썼어 우리애기

서로가 얼마나 대단해보이는지..
대체 어떻게 매일 아기랑 지내는 걸까 대단해
업무량 많아서 지칠텐데 야근하고 집 와도 항상 웃고.. 너무 멋져

행복하게 사는 방법은 절대 어렵지 않다

오늘도 너무 고생했어
고마워
사랑해
내가 더

많은 부부 사이 뜨거운 대화 주제는 '일이 힘드냐, 육아가 힘드냐'인 것 같다. 집에서 아이와 지지고 볶는 아내. 밖에서 사람들에게 치이며 일하는 아빠. 꼭 누가 '더' 힘든지 정해야 할까? 상대방보다 더 힘들어야 내 수고가 인정받는 것일까? 우리 부부는 그런 악순환의 사고를 시도도 하지 않기로 했다. 우리 부부는 서로의 고통과 수고를 더 인정해주고 알아주기로 마음먹었다. 그렇게 서로의 입장에서 서로의 수고로움에 집중하면 관계가 빛이 난다. 고맙고 사랑한다는 말을 한번이라도 더 해주고 싶어진다. 누가 더 힘든지는 겨루지 않아도 된다. 차라리 사랑을 겨루자.

ep 68. 여보는 왜 내 걱정만 해

내가 가장 자주 하는 말 중 하나는
오빠는 왜 맨날 내 걱정만 해
나 괜찮아
걱정돼서 회사 못가겠어

오빠는 정말 아내 중심적이다
이제 내가 아기 볼거야
언넝 누워봐 다리 주물러줄게
아마도 저 머리엔 나만 가득할거야

회사에 가서도 늘 내 걱정뿐인 오빠는
잘 있으려나
아기 보느라 힘들텐데
밥은 먹었으려나
혼자 있어서 외롭겠다

종종 나에게 긴 메세지를 보내곤 한다
사랑아 아빠한테 문자왔다!
오메 길기도 하네
사랑하는 배비야
.
.
.

사랑하는 배비야
많이 힘들텐데 밝게 있어줘서 고마워
어제 배비가 재활용하러 나갔을 때,
분명히 십분내로 들어온다는걸 아는데도
집이 너무 고요하고 숨이 턱 막히더라
배비가 혼자 이걸 어떻게 하는거지.. 하는
생각이 들었어
쓰레기 버리고 오마

아기가 보고 싶어서 빨리 가고 싶은 마음은
100퍼센트 중에 0.1퍼센트 정도야
99.9퍼센트는 배비 힘들까봐 그런 거야
이렇게 내 마음을 다 알아주고
걱정해주는 사람이 또 있을까⁉

내 걱정만 하느라 바쁜 소중한 내 편

나 오빠 없으면 못 살아
나도 울 배비 없으면 안 돼

고마운 마음은 자꾸 커져만 간다

아이를 키우며 오빠가 가장 자주 하는 말 중 하나는 “난 아기 말고 여보 걱정하는 거야”라는 것이다. 오빠는 아이를 양육하는 나를 걱정한다. 내가 피곤할까 봐, 밥을 못 챙길까 봐, 아기가 울어서 지칠까 봐, 우울할까 봐. 오빠가 일거리를 싸 들고 퇴근하자마자 집으로 달려오는 이유는 딸이 보고 싶어서가 아니다. 빨리 와서 아이를 맡아주고 내 수고를 덜어주고 싶어서다. 이렇게 오빠의 모든 생각의 중심에는 내가 있다.

ep 69. 내 남편의 아내 사랑 feat. 둘째 계획

오빠는 육아 참여도가 높은 남편인데
분유 타왔어요
내가 줄게요
응 잠깐만
기저귀 거의 다 갈았엉
잉잉잉잉
- 새벽 세시 -

그 이유는 나 때문이다
아기가 예쁘기도 하지만
난 여보가 걱정돼서 그러는거야
고마워
언제나 아내 걱정

그런 오빠의 둘째 계획은
주변 사람들 둘째 가지기 시작하네
오빠는 어떻게 생각해용
둘째 소식
둘째라..
음 나는..

일단 여보 임신 초기에
실신해서 응급실 실려가던 사진이랑
뇌진탕와서 여름 내내
누워만 지내던 사진
구토용 봉투 상시 대기

붕어빵 한입만
먹고 싶어
그 다음에 임당 때문에
풀만 먹고 울던 식단이랑~
엉엉
조기진통와서 가을 내내 누워있다가
장기 입원한 사진이랑!
사람
살려

신생아때 두시간마다 깨서
새벽수유 하던 사진 보여줄래
아찔
아는 매운 맛
와 진짜 때려죽여도
다시는 못하겠다

아무래도 대답을 들은 것 같다

둘째 낳으면 여보 가루될걸
인정

아기가 생겨도 내가 최우선인
우리 남편 정말 최고다

내가 대신 할수도 없는 일인데..
우리 여보 그만 고생하자!
내 옆에 건강하게 오래 있어줘

아이가 자라나며 우리 부부도 둘째에 대한 이야기를 나누었다. 하지만 둘째 이야기를 할 때마다 오빠의 반응은 한결같다. 난 “둘째가 있으면 어떨까?” 이야기하지만, 오빠는 “여보가 힘들어”라는 뚱딴지같은 대답을 한다. 어쨌거나 임신도 출산도 대신 해줄 수 없기 때문에 본인은 이 모든 일에 함부로 의견을 낼 자격조차 없다고 말한다. 지금도 이렇게 힘들어하는데 아기가 하나에서 둘이 되면 내가 다 사라질 만큼 힘들 테니 안 된다고 말한다. 그렇게 둘째 이야기의 결론도 아내 사랑으로 마무리되고 말았다.

ep 70. 남편의 이벤트

유난히 지치는 한 주를 보냈다
끝이 안보여
끄아아아앙
훌쩍
내일이 오지 않았으면 좋겠다

괜히 오빠에게 투덜거리고 말았는데
내가 얼마나 힘든 줄 알아?
엉엉
폭주 중
엉엉
너무 지친다고
언제까지 이렇게 살아야 돼

한번 터트리기 시작하니
불평을 걷잡을 수 없었다
죽겠다고
나 힘들다고
브레이크 고장
누가봐도 내가 잘못하는 중

그렇게 주말 내내 투덜거리기만 했는데
부정적 에너지
하 갑갑하다 갑갑해
사랑아 엄마가 많이 힘든가봐

다음날 아침에 눈을 떠서 현관을 보니
비비적
엥 저게 뭐야

오빠의 편지와 풍선이 있었다
온종일 이 차가운 철문 안에 갇혀서
하루를 보내는 사랑하는 내 꿀복아
새벽에 나 자는 동안
몰래 만들어 놓음

이보다 내 마음을 더 잘 알아주는
사람이 또 있을까

이렇게 착한 남편한테
내가 주말내내 왜 그렇게 투덜거렸지
난 진짜 부족한 아내야

사랑이 나를 살아가게 하는 것 같다

오빠 고마워 미안해
괜찮아 그렇게 해서 마음이 풀어지면
얼마든지 더 털어놔도 돼

오빠는 깜짝 이벤트를 잘하는데, 이날 해준 이벤트는 너무 인상적이었다. 유난히 힘들던 어느 날 나도 모르게 오빠에게 신경질을 내고 불똥을 튀기고 말았는데, 돌아온 오빠의 반응은 예상 밖이었다. 조절되지 않는 내 부정적 감정 폭탄의 결과가 오빠의 이벤트였으니 말이다. 세상 어느 사람이 이럴 수 있을까? 내 말에 마음이 썩 편하지는 않았을 텐데, 그 와중에도 오빠는 내 마음을 풀어줄 생각만 가득했나 보다. 이럴 때 보면 사랑이 날 살아가게 하는 것 같다. 오늘도 사랑에 힘입어 일어난다.

ep 71. 나 좀 그만 울려

사실 나는 오빠 때문에 울 때가 많다
눈물 나
그렁
그렁
오구 또 울어 우래기이

이유는 오빠의 디테일한 공감 능력
공감하는 법 배우러들 오십쇼
어렵지 않아요
꽁냥대학원 공감학과 박사

나는 퇴근하고 집 와서
길어야 세 시간 아기 보는데도
내말이
죽겠다
이렇게 지치고 힘든데,
여보는 하루종일 혼자 어떻게 하는거야

나 운동 다녀올게!
여보오
나 두고 가지마
맨날 오빠 가면 이렇게
휑하게 집에 있는 거야?

여보 진짜 대단한 거 알아?
아기 챙기랴 집안일 하랴
그림까지 그리고..
나라면 절대 여보처럼 못해

세세하게 공감해주는 오빠의 시선은
누군가에게 이렇게까지
깊이 헤아림 받은적이 있었나

사랑이 가득 담겨있나 보다

오빠는 최고의 남편이야
귀여운 울 애기
더 많이 사랑해줄게

공감은 참 큰 힘을 지니고 있다. 나락으로 떨어지던 마음도 따스한 공감 한마디에 다시 일어설 힘을 얻곤 한다. 그만큼 공감은 관계에서 중요한 열쇠인데, 가만 보면 오빠는 공감 마스터 같다. 빈말이라도 공감 한마디는 힘이 되는데, 오빠의 공감은 가벼운 공감과는 차원이 다르다. 전적으로 날 헤아려주는 공감에는 마음을 다 헤아린 듯한 예쁜 생각이 가득하다. 내가 처한 상황의 어려움도, 그 상황에서 내가 느낄 생각과 감정도, 그리고 내가 가장 원하는 인정해주는 말도. 이 모든 것이 담겨 있는 오빠의 공감에 오늘도 눈물이 핑 돈다.

ep 72. 너무너무 사랑하면

오빠에게는 버릇이 있다
모두가 잠든 밤
사랑이 방
커어어
안방
코오오

바로 잘 때 코에 손 대보기
숨 쉬고 있는건가..
커어엉
사랑이 잘 자는거겠지이..
홈캠
불안

결혼하기 전에는
부모님이 편찮으실까봐
그게 제일 걱정이었는데
쓰담
결혼하고 나니까
아내랑 사랑이가 죽을까봐 무서워

너무 너무 소중한 것이 생겨서 그런 걸까
꿀복이랑 사랑이가 내 전부구나
아빠빠빠
야부~
안아조라

평범한 일상이 더 소중해지는 것 같다

요즘 무사히 눈 뜨는 아침이 너무 감사해
한날 한시에 떠나야 돼 절대 먼저 죽지마아
그렁 그렁

결혼한 후로 자꾸만 내 생사를 확인하는 오빠. 나와 딸이 잠들면 코 밑에 손가락을 대서 숨을 잘 쉬고 있나 확인해보고, 오빠가 회사에 가고 나서 잠깐이라도 연락이 안 되면 바로 전화를 한다. 혹시라도 나랑 딸에게 무슨 일이 생겼을까 봐, 숨을 안 쉬기라도 할까 봐, 오빠는 불안한가 보다. 결혼 전에는 다른 소중한 것이 참 많았는데 결혼을 하고 가정을 꾸리고 나니, 가장 소중한 것이 새로 생겼다. 그렇기 때문에 우리는 평범한 일상도 너무나 소중하다. 매일 눈뜨는 아침도, 잠드는 밤도 모두 당연한 것이 없으니 말이다.

ep 73. 딸보다 아내

오빠가 출근하면
오늘도 힘들어서 어떡해 우리 배비..
오빠 가지마라아
에구 불쌍해

나는 오빠에게 사진을 자주 보내는데,
오빠 우리 산책 나왔어
우리 수박 먹어

그럴 때마다 오빠의 반응은 비슷하다
우리 배비.. 얼마나 힘들까
오빠 사랑이 방금 바지에 똥 쌈 ㅋㅋㅋㅋ

메세지 답장
자기가 이런 사진 보내주면 사랑이가 너무 귀여운데
이면에 보이는 자기의 수고로움이 너무 안타까워

이런 오빠의 말은 항상 날 위로해준다

아빠!
사랑아 아빠는 엄마를 진짜 많이 사랑하나봐
코 찡

딸보다도 내 걱정뿐인 남편은
언제나 힘이 되어준다

오빠는 최고의 남편이야
여보가 최고의 아내지~

자식이 생기면 부부보다 자식을 우선한다는 말이 있는데, 오빠와 나는 늘 서로가 먼저다. 난 딸과의 일상을 늘 사진으로 보내주는데, 오빠는 그 사진 이면 속의 수고를 바라봐준다. 그런 오빠가 딸을 데리고 공원으로 놀러 나간 어느 날, 오빠가 보낸 딸과 잔디밭을 뛰는 동영상을 보고 눈물을 쏟고 말았다. 평소 오빠의 마음이 이렇겠구나 상상이 되었기 때문이다. 좋은 아빠, 그리고 좋은 엄마가 되어주는 상대방이 얼마나 고맙던지. 또 수고하고 애쓰는 상대의 모습이 얼마나 짠하던지. 그리고 사랑스럽던지.

ep 74. 공감 전문가 남편

아이가 크게 아팠던 주말이었다
여보
사랑이가 이상해
우웨액
그에엑

급하게 응급실로 달려가서
애가 계속 토를 하고 처져요

여러 검사와 시술 끝에
엑스레이
피 검사
초음파
장 중첩이네요
바로 시술해야 합니다

결국엔 입원을 하게 되었다
시술 경과를 봐야 해서
입원하시는 게 좋겠어요
어느 분께서
보호자로 들어가실 거죠
제가 갈게요

그렇게 우리는 생 이별을 했는데,
엄마한테 계속
영상통화 해
엄마 빠빠하자

퇴원 후 오빠는 이런 말을 했다
병원에서 나보고 계속
사랑이 보호자분~ 아버님~ 이라고 부르는데
뭔가 당연한데 기분이 이상하더라
자기는 항상 이렇게 엄마로 사는거잖아
난 회사도 가고 나로 사는데..

출산 후 엄마로만 살게 된 나를
누구보다 잘 이해해주는 오빠

난 입원 한번인데..
자기가 그동안 많이 힘들었겠구나 싶더라구
그렁
그렁

내 짐을 함께 들어주는 오빠의 공감에
오늘도 살아갈 힘이 생긴다

오빠는 내 마음을 어떻게 그렇게 잘 알아
사랑하니까~

아이가 크게 아파서 주말에 입원한 적이 있다. 딸과 함께 입원을 자처한 남편이 힘들까 봐 걱정하는 마음이 앞섰는데, 오빠는 그 정신없는 와중에도 무언가를 깨달은 것 같았다. 누군가의 아내, 누군가의 엄마만으로 사는 삶에 대한 무게와 마음의 짐을 알아주는 오빠. 그 힘든 상황에서도 여태껏 내가 지내왔을 엄마로서의 삶을 돌이켜 본 오빠의 헤아림은 감동 그 자체였다. 이렇게 훌륭한 사람이 내 남편이라니, 그리고 내 딸의 든든한 아빠라니. 우리 식구의 행복은 앞으로도 다 보장된 것만 같다.

ep 75. 오빠의 보호 본능

오빠는 늘 나를 애기라고 부르는데
오구 우리 애기
응애

실제로 아기이긴 하지만
내가 오빠보다 8살 어리니까
아기 맞는거지 뭐
개
오
양심
양심은 개를 줘버린 어른

오빠가 이러는 이유는
아마도 보호본능 때문이겠지
우래기
내가 지켜줘야지

오빠 나 아이스크림 사올게
사랑이 씻기고 있어!
안돼 이따 나랑 같이 가자
위험해 밖에 어두워

오빠 나 사랑이가 수박 또 먹재서
같이 잘라서 먹고 있어
헉.. 그 무거운 걸 꺼냈어 ?
애가 10키로인데요

나 나갔다 올게!
주변 잘 보고 다니고
항상 조심해야 돼

옥수수 삶았네!
내가 발라줄게
헤헤 뜨겁겠다

할머니 될 때까지
아기처럼 챙겨주기 약속이다
우리 아기 생선 발라줄게요

난 키도 크고 덩치도 있는 사람이다. 그런데 이런 나도 오빠 눈에는 마냥 보호해주고 싶은 아내인가 보다. 오빠는 내가 수박 하나만 냉장고에서 꺼내도 깜짝 놀라곤 하지만, 난 사실 2리터짜리 생수 여섯 묶음을 양손에 들고 집에 올 수 있는 사람이다. 아무리 생각해도 난 장군감인데 오빠의 보호 본능은 막을 수 없다. 치킨 살도 발라주고 싶고, 가방도 들어주고 싶고, 힘들다고 하면 업어주고 싶은 게 오빠의 마음인가 보다. 그런 오빠에게 보호받다 보면 내심 기분이 좋아지니까 앞으로도 쭉 이렇게 챙김받도록 해야겠다!

ep 76. 육아는 힘들어

아마도 내 인생의 전환점은
출산이지
두 말 할 것도 없다
애 없을 때
어떻게 살았더라
까마득

출산과 육아는 내 삶을 송두리째 흔들었다
과거
현재
열정적
건강함
힘 장사
무기력한 종이 인형
인생 최저 몸무게 달성
걸어 다니는 종합 병원

난 더 이상 나만을 위해
살 수 없는 사람이 되었다
엄마 나 왕이야?
무조건 아기 중심
나를 가꾸는 것은 저 멀리 멀리~

먹고 자고 싸는 것조차
내 마음대로 할 수 없는 삶에
응애애애
생떼 레전드
쿵
배고프다
화장실도 반나절째 참는 중

그렇게 원하던 아이지만,
이 삶은 좀처럼 적응이 되지 않았다
난임이라고, 아이 달라고
그렇게 기도했는데 왜 이렇게 힘들지
나가!
나가!

사라지고 싶을 만큼 힘들어하는
내 자신을 발견하게 되지만
엄마의 삶은 이런 거구나
아야 엄마 머리
빠져요

나만 믿고 세상에 나온 너에게
엄마가 세상에 초대했잖아요
이러기 있으신지
...
아맞다 미안

더 좋은 엄마가 되기 위해
엄마랑 오늘 뭐할까
어디가고 싶어!
엄마는 뭐든
다 할수 있어
바들
바들
악으로 깡으로

오늘도 너에게 난 최선을 다해볼게
우리 딸래미
엄마가 너무 너무 사랑해
나도요

인생의 터닝포인트가 무엇이냐고 묻는다면, 출산과 육아라고 대답할 것 같다. 아이 키우는 일은 나의 삶을 말 그대로 송두리째 바꾸고 말았다. 육아를 하며 엄마로 살면서 나는 더 이상 예전의 내 모습을 완벽하게 되찾을 수 없었다. 예전처럼 건강하지도, 예전처럼 능력이 있지도, 예전처럼 자유롭지도 않다. 내 모든 시간과 체력과 마음과 신경은 모두 아이에게 쏠려 있고, 아이는 나에게 잠깐의 휴식조차 허락하지 않는다. 하지만 아이가 주는 행복은 여태껏 경험해 본 적 없는 차원의 것이다. 부모가 되고 나서야 비로소 보이고 알게 되는 사실이 있다. 아이를 통해 인생이 더 다채로워지는 것을 느낀다. 너무나도 힘들지만, 사랑할 수밖에 없다.

ep 77. 좋은 아빠가 될 줄 알았어

출산 전 오빠는 아기를 좋아하지 않았다
애들이 뭐가 예쁘다는건지 모르겠어
이래가지고 아빠 노릇 하겠냐?
불안

하지만 막상 아이를 낳고 보니
허어엉
얘가 우리 딸이라니
기 쎄보인다 여보 닮았나봐
진짜 뭐래는거니

오빠에게서 심상치 않은 딸 바보의 느낌이 난다
응애애애
많이 우네
수면 교육 하느라 우는 중

그렁
그냥 안아주면 안돼?
그렁
애 우니까 막 가슴이 미어지는 것 같아요
하이고
안돼 이건 훈련이야

어쩜 그리도 말랑하게 사랑을 하는지
아빠 까까 주세욧 !!!!
하 너무 귀여워
고래
고래
얼굴도 성격도 완벽해

가만보면 나에게 하듯 딸에게도 하는 오빠
느아악 !!!!
뽀뽀
하유 이뻐 승질내도 이뻐

어쨌거나 사랑이 많은 남자가
너무 너무 사랑해
사랑이 넘쳐 흐르시는 분

좋은 남편이 되고
우리 애기 오늘도 너무 애썼다

또 좋은 아빠가 되나보다

우리 딸 아빠가 너무 너무 사랑해
나도!

결혼하기 전 아이에게 관심이 전혀 없던 오빠는 딸이 태어난 후 딸 바보가 되어버렸다. 딸 얼굴만 봐도 행복해하는 오빠는 참으로 열렬한 사랑꾼이다. 생각해보니 연애 시절부터 오빠는 사랑이 많았다. 어쩌면 그때부터 아내 바보, 딸 바보는 예견된 일이었는지도 모르겠다. 사랑이 많은 남자가 남편이 되고 아빠가 되니, 집안 분위기가 항상 좋다. 사랑 가득한 남자가 아빠가 되니 딸은 엄마 껌딱지가 아니라 아빠 껌딱지가 되어버렸다. 좋은 남편이 좋은 아빠가 되는구나.

ep 78. 부모가 된다는 것

육아는 아무리해도 적응이 안된다
와 어떻게 된게 매일 힘드냐 진짜 미치겠네
빼애애액

어째 건강도 갈수록 더 상하는 것 같고
안 아픈데가 없구나 이제
이 몸으로 백살까지 살아야되는거 실화냐
삐걱
진통제는 필수품

부모가 된다는 것은
보통 일이 아닌 것이다
너 솔직히 엄마 빨아먹고 크는거지
애만 통통
비쩍 마름

하지만 우리를 쏙 빼닮은 네가
시러!!!!
던지기 고수
얼굴은 아빠고 하는 짓은 엄마야
콩심콩은 과학이다

하루가 다르게 자라는 모습을 보고 있으면
친구 좋아
우리 딸 남사친도 생겼네

내 수고와 희생이 헛되지 않음을 느낀다
나가
엄마 미워
싫어
이야 언제 커서 엄마한테 대들고 말이야

우리 딸 열심히 자라고 있구나
내 피 땀 눈물을
갈아 넣은 보람이 있군
잘 때 천사

역시 사랑의 수고는 값진 것이다
아이고 온몸이
두들겨 맞은 것 같다
엄마 안아

이렇게 사랑스러운
열매를 맺으니 말이다
예쁜 내새끼
천천히 커라

사랑의 수고는 언제나 값진 열매를 맺는 것 같다. 예전에는 사랑의 수고라는 말을 이해하지 못했다. 누군가를 위해 수고하고 희생하는 경지의 헌신은 해본 적이 없었기 때문이다. 하지만 부모가 되고 나니 '희생'이 내 일상의 핵심 주제가 되고 말았다. 부모가 된다는 것은 자식을 위해 기꺼이 내 삶을 희생하는 것이었다. 희생이 달가운 사람은 없기에 나도 이 삶이 버거울 때가 있지만, 우리 부부의 열매인 딸이 자라는 모습과 우리에게 웃어주는 모습을 볼 때면 이 희생이 얼마나 값진 것인지 다시 한번 깨닫게 된다. 아이는 우리를 진짜 부모로 다듬어가며 만들어주고 있다.

ep 79. 나도 이렇게 사랑받았겠지?

아이를 보다 보면
엄마 엄마
웅 사랑아
왜 불러

문득 뭉클하는 순간들이 생긴다
엄마 사랑해요
함박 웃음
에고 예뻐라
애가 웃는데 왜 눈물이 나지

온 집안의 사랑을 한몸에 받는 존재
첫 손주의 명예를 너에게 주마
첫 손주

가족들 심장 폭격기
개인기 퍼레이드

부모의 젊음을 다 쏟아내게 만드는 존재
너 때문에 내가 늙는다는 말을 삶으로 이해하게 되었습니다
피곤
수척

나도 이렇게 큰 사랑을 받았겠지?
사랑하는 꿀복이
생일 축하합니다
아기 꿀복

사랑은 그때도 지금도
압빠
아빠라고 한 거야?
아기 꿀복
1996년

여전히 우리와 함께 하는구나
음마
오빠 얘가 방금 나보고 엄마라고 했어
우리 딸 천재 아냐
2022년

가득하다 못해 넘쳐흐르는구나

첫 손주 타이틀을 거머쥔 우리 딸이 친척들에게 사랑받는 모습을 보면 뭉클해질 때가 있다. 아무리 근엄한 친척이 와도, 아무리 큰 어르신이 와도, 딸 앞에서는 무장해제되고 만다. 모두가 꿀이 떨어지는 사랑의 눈망울로 딸을 바라본다. 딸은 그런 시선을 즐기는 듯 할 줄 아는 개인기를 모조리 보여준다. 그렇게 공주님같이 사랑받는 딸의 모습을 가만히 보면, 그 속에서 내 모습이 보인다. 불과 몇십 년 전까지만 해도 나도 이렇게 온 가족과 친척들에게 사랑받는 집안의 보물이었을 텐데. 사랑은 그때도 지금도 우리 곁에 항상 함께하고 우리의 삶을 이끌어주는 것 같다.

ep 80. 엄마에게 난 아직도 아기 같은 딸

출산 후 다들 친정엄마의 도움을 많이 받는다는데
친정엄마 찬스 쓰고 나왔다
엄마한테 아기 맡기고 쉬는 중

나는 출산 후 모든 것을 나 혼자 해냈다
조리원 퇴소 완료
산후도우미 안씀
친정엄마 도움도 받지 않음
나홀로 육아를 시작한다

이유는 단순했다
우리 엄마 힘든거 싫어
굴 건
코피
내가 힘든게 낫지

어쩌면 나 정말 효녀 아닐까
젊은 나도 이렇게 힘든데
이걸 어떻게 나보다 서른살 많은 엄마를 시켜

난 그렇게 엄마를 걱정했지만
엄마한테 제발 좀 맡기라고
응 싫어 불효야
미치겠네

엄마는 날 걱정했다
너 임와 우리 딸 힘들게 하지마라
잉
(무슨 할머니가 저래)

다 커서 나도 엄마가 되었지만
아 하세요
꼬마 아가씨
시러
와 얘 나 닮았나

엄마 눈에는
난 아직 아기 같은 딸이겠구나
너 밥은 먹고
애 먹이는 거야?
너무 말랐어 큰일이야
응애 엄마가 밥 주세용

엄마의 사랑은 그런건가보다

우리 딸래미
우리 딸래미

난 자나깨나 엄마 걱정을 한다. 아주 어릴 때부터 난 그렇게도 엄마를 걱정했다. 엄마가 힘든 게 싫었고, 엄마가 웃는 게 좋았다. 치킨을 먹어도 다리는 엄마 밥그릇에 올려놨고, 동생들에게 다리는 엄마에게 드리는 거라고 가르칠 정도였다. 그런 내가 자라서 딸을 낳고 나니, 엄마의 도움이 필요한 순간이 생기고 말았다. 하지만 난 그때조차 엄마가 힘든 게 싫다는 이유로 모든 일을 혼자 해결하려고만 했다. 엄마의 마음은 날 돕고 싶어 한다는 것을 알지 못했다. 엄마가 나보다 더 내 걱정을 하고 있는 것도 알지 못했다. 다 커도 나는 엄마에게 아이 같은 딸이라는 것도 알지 못했다.

ep 81. 엄마는 강하다

한창 육아하며 우울감이 심할 때
내일이 오지 않았으면 좋겠다

내가 가장 싫어하는 말이 있었다
엄마는 강하다
아 텍스트만 봐도 스트레스 받아

엄마는 꼭 강해야 돼?
나도 엄마가 처음이잖아
감정 폭주
마음 놓고 힘들고 싶어 견디기 싫다고

그렇게 어떤 시기는
이를 악물고 버티는 것 같았는데
오늘도 겨우 살아냈다
파스스

어느날 오빠가 찍어준 내 사진을 보는데
사랑아 여기 개미 지나간다
찰칵
아고 내새끼들 예뻐라

사진 속 내 표정이 너무 행복해보였다
내가 사랑이 볼 때 저런 표정을 짓는구나

그때 알게 되었다
나 강해졌구나
많이 단단해졌구나
자기는 최고의 엄마야

아이가 자라나는 만큼
응애애
걷는다 걷는다
아장
아장

나도 함께 성장하고 있었구나
사랑아 웃어봐
헤에~

육아가 힘들고 지칠 때는 '엄마는 강하다'라는 말조차 듣기 거북했다. 난 엄마로만 살기 위해 태어난 사람이 아닌데 왜 이렇게까지 힘든 시기를 보내야 하는지 이해가 되지 않았다. 그게 비록 내 선택에 대한 책임의 결과였음에도 모든 것이 버거울 만큼 엄마가 되는 것은 쉬운 일이 아니었다. 하지만 아이와 함께하는 시간이 길어질수록 점점 더 아이와 사랑에 빠지기 시작했다. 아이가 웃어주면 나도 모르게 마음이 찡해지고, 아이가 오물오물 맛있게 음식을 먹으면 보고만 있어도 흐뭇해졌다. 그렇게 나도 모르는 사이 강한 엄마가 되어가고 있었다. 하루가 다르게 성장하는 우리 예쁜 딸처럼, 나도 엄마로서 함께 성장하고 있었다.

ep 82. 사랑이 눈에 보이는 순간

결혼 전에는 나에게 집중하는 것이
사랑인줄 알았다
내가 좋아하는 것 찾기
소중한 나!
난 최고야
내 건강
내 몸매

그렇게 나를 사랑하던 사랑이
당신을 만나니,
오빠 나랑 사귀는거 맞죠?
찾았다 내 사랑
어.. 음..

서로에게 흘러가며, 두배로 커졌다
주고 받는 사랑

그렇게 배로 커진 사랑이
우리를 결혼까지 이끌었는데
이렇게 좋은 사람이라니
아무래도 결혼해야겠어
결혼 가보자고

아이를 만나고 나니,
어떻게 이런 애가 나왔을까

사랑의 지경이 더 넓어지고 말았다

우리 세 식구가 함께하는 일상은
너무나도 평범하지만
꿀복아 사랑아!
아빠다아
아빠 퇴근길 마중

모든 순간 속에는 늘 사랑이 있다
오늘도 넘 고생했지이
여보가 애 보느라 더 애썼지이

사랑은 눈에 보인다
오늘 하늘 예쁘다
여보가 더 예뻐
분명히 보인다

연애를 하기 전에는 나 자신만 사랑했고, 오빠를 만나고는 둘이 하는 사랑이 그렇게 좋았다. 결혼을 하고 나니 서로의 부모님과 가족까지 사랑하게 되었고, 아이를 낳으니 완전히 새롭게 사랑의 지경이 넓어지고 말았다. 사랑이 이렇게 다채롭고 풍성해질 수 있는지 나만 바라보며 살 때는 몰랐다. 사랑이 이렇게까지 든든한 삶의 원동력이 되는지 연애만 할 때도 잘 몰랐다. 우리가 둘에서 셋이 되고, 셋의 추억이 집에 가득해지고, 셋이 걷는 거리가 생기고, 이 모든 순간에는 늘 사랑이 함께한다. 소박하고 특별할 것 없는 남편과 아내와 딸의 일상이지만 그 속에서 사랑이 보인다. 분명하게 보인다!

이젠 분명히 보인다.

내 머리 위 대롱대롱 매달려 있는

아주 큰 크기의 사랑이.